En vej i livet

Steen Jakobsen

En vej i livet

... min vandring på Camino de Santiago, Frances, 2003

Forlag: Books on Demand GmbH, København, Danmark

© Steen Jakobsen, 2019

1. udgave

Forlag: Books on Demand GmbH, København, Danmark

Tryk: Books on Demand GmbH, Norderstedt, Tyskland

ISBN: 9788743012511

...Hvorfor vælger du den vej, du går...?

... Hvor let lader du dig påvirke af andre...?

... Erkender du dine handlinger og tager ansvar deri...?

... Lytter du nok til dig selv...?

... Har du modet til, at følge din egen vej, frem for at følge mængden...?

... Der er altid en grund til, hvad du vælger at sige, hvordan du siger det, hvorfor du siger det, hvorfor du møder dem du møder, hvilket forhold du har/får til dem, hvilken betydning de har/får for dig...

... Hvad betydning videre frem, det har i livet, kommer helt an på hvilken vej du vælger. Det er dit valg alene, lige meget hvad/hvem du påvirkes af...

... Så, hvorfor har du valgt, at være nået hertil i livet...?

... Der er intet som er tilfældigt, så lyt nøje til dig selv...

Jeg er 56 og har en søn på 20. Vi bor i en to værelses lejlighed, i Skanderborg. Her bor også en sød lille hun kattekilling, med navnet Piu.
Jeg er uddannet bygningsmaler. Jeg stoppede med arbejde i april 2014, efter 30 år, pga. arbejdsskade.
Pga epilepsi, som jeg havde haft lige så længe, fik jeg tilkendt førtidspension i foråret 2016.
Det har givet mig fred til, at rejse mere, som jeg nyder meget. Jeg har bla. gået samme Camino i efteråret

2016, med endestation i Fisterra, via Muxia. Foråret 2017 gik jeg Camino del Norte og forårerne 2018/2019 gik jeg Camino Portugues, til Fisterra. Jeg har også været på et mindre stykke af Camino del Haervejen.

Jeg har ønsker om, at vandre andre ruter, bla. Shikoku 88, i Japan og Kungsleden i Nordsverige.

Jeg er troende i det spirituelle, som er i ét, forbundet til alle religioner.
Jesus måtte dø, hvad han vidste til, for at menneskene skulle have frihed til, at vælge selv og være ansvarlige der for. Det er hvad, vi skal give videre til andre, også med anden religion.

Forord

Jeg er 39 år og året er 2002. Jeg bor et vidunderligt sted, sammen med min kone Pia og min søn Jonas, samt katten Felix. Det er som et fristed, hvor jeg finder fred og ro, fra hverdagens oplevelser. Vi har boet her siden september 1998.
At høre vinden i træerne, dyrene udstøde deres røst og andre lyde der måtte komme. Fasaner banker på glasdøren, en tidlig søndag morgen. Andemor ligger i sin rede på tagrælingen, ved siden af skorstenen. Senere kommer hun om på forsiden af huset, efterfølgende sine 9 ællinger og slår en bue forbi os. Derefter forsvinder de væk i det høje græs.
At Jonas havde sine første syv år, med de fredelige omgivelser. Følge Felix' liv, som for det meste foregik ude i skoven. Han har sikkert hygget sig, med mange søde hunkatte. Så jo, dette var et fantastisk sted at bo, som har inspireret mig, til meget i livet.
Caminoen er ikke bare en almindelig rute, som skal gennemføres for, at nå til Santiago de Compostela. Den er der og har været der på ubestemt tid. Jeg ser Caminoen, som fortæller mig meget omkring, hvad der hører ens egen hverdag til. Det er ligesom, at kigge gennem et forstørrelsesglas, da vi kommer meget ind i os selv. De følelser, der kommer frem, kan være

kraftige og fylde meget i os. Vi kommer ind i en Verden;
der kan føles som om, den slet ikke hører hverdagen til.
At gå Caminoen kræver meget mod. Jeg gik den alene,
hvad der for mig var den bedste måde. Man får langt
større mulighed for, at rette opmærksomheden indad
og komme meget tættere på sig selv. Dette gav mig så
megen frihed, at jeg meget bedre kunne nyde turen, i
mig selv og omkring mig; som jeg havde brug for!
Jeg gik Caminoen for, at komme dybere ind i mig selv;
tættere på mine følelser. Hvor dybt kan jeg komme?
Ja, hvor dybt kan vi egentlig komme ind i os selv? Og
ville jeg have mod til, at gøre det?! Dette krævede et
mod, som jeg inde i mig selv vidste, ville være der; når
jeg stod over for udfordringerne. Dette blev
bekræftet senere. Når jeg handler og gør det efter
hvad mine følelser fortæller mig, sætter jeg mine
forventninger på et lavpunkt. Dette gør, at jeg bedre
kan føle, hvad det er jeg oplever og derudfra hvad jeg
skal foretage mig, her i nuet, så jeg ikke kun er
fokuseret på mit mål (forventninger). Det er dog ikke
alle oplevelser, jeg får svar på med det samme. Eller for
den sags skyld, under min vandren på Caminoen. Mange
svar kom til mig flere år senere. Eller også ser jeg dem
forstærket i mig, som en opgradering.
Dette er grunden til, at jeg mange år efter, skriver
denne bog færdig. Jeg føler det som en stor

åbenbaring, der virkelig vækker følelser i mig. Jeg er så meget ydmyg og taknemmelig for, at det sker for mig. Jeg har fået hjælp og støtte af Pia, Jonas, venner, forældre, samt andre søde og dejlige mennesker; som jeg er dybt taknemmelig over for. De vil altid være med mig i mit hjerte.
Jeg har brugt forskellige redskaber, som bl.a. meditation, selvhealing og dybe vejrtrækningsøvelser
Dybe vejrtrækninger, der udføres med 3x7:
1. ved indånding, træk fra moder Jord op gennem kroppen og ud gennem Kronechakraet
2. ved indånding, træk modsat
3. ved indånding, træk energi ind gennem Solar Plexus og ud gennem, både moder Jord og fader Kosmos
Prøv den og føl efter, hvad der sker i dig og du er hjulpet godt på vej.
Energien som var med mig og som jeg giver udtryk for her i bogen, er kommet til mig via kosmisk arbejde, forbundet med Salemfonden.
Salemfonden er stiftet af Signe Sommer Madsen i 1992. Signe Sommer Madsen har skrevet Salembøger, tegnet Salemkort og laver stadig aurategninger, via kosmisk arbejde.

Fondens formål:
- at virke for fremme for humanitet, sundhed tryghed og

kærlighed via åndsarbejde samt forståelse for verdenshelheden
- at udgive litteratur om kosmisk viden, således at mennesker kan erhverve sig oplysning om og få forståelse for vigtigheden af sundhed og trivsel i Verden
- at medvirke ved etablering af børnehjem for forældre- og hjemløse børn, hvor der et behov rundt om på Jorden
- at etablere verdensindsamlinger således at der kan gives hjælp og støtte, når og hvor hjælpen er nødvendig

Ordet "Salem" i Salemfonden har en stor betydning, for hver enkelt af os: "Din sandhed" – "Din kærlighed" står skrevet i os alle, i form af hvad vi har behov for, at få frem i lyset. Vi er mere end hvad vi ser, i spejlet med vore egne øjne. Se dybere ind i dig og find dine følelser frem. Det er dem der fortæller dig din sandhed og fremhæver den du er.
Jeg havde Salemkort med, som består af en serie på 8 stk. Disse gav jeg til mennesker, som jeg følte havde et behov. Hvert kort har sin betydning. Herudfra trak hver enkelt præcis det, vedkommende havde brug for. Denne bog er et budskab til alle om, at vågne op og være bedre til, at tage vare på ens egen ansvarlighed, netop ved at finde sin egen sandhed frem.

Jeg er ydmyg og taknemmelig for, at jeg får denne energi til mig og bliver bedre til at være ansvarlig for mit liv.

*

Salemkort

1

Jeg starter fra efteråret i 2002. Pia har lånt en bogen "Camino" på biblioteket, skrevet af Shirley Maclain. Pia finder den meget interessant og får læst bogen, hvorefter hun fortæller mig om den. Hun har en ide, om at gå Caminoen. Hun har en spirituel oplevelse om, at hun i en tidligere inkarnation, har haft en bodsgang på Caminoen.

Caminoen er blevet brugt som bodsgang. Dvs., at folk der har lavet noget ulovligt, fik som straf mange gange foruden fængsel, at skulle vandre disse mange kilometer. Sådan har det så været i mange år. I dag er det også sådan; men her skal vi lære, at forstå det på en mere symbolsk måde.

Vi går den da vi har for opgave, at finde svar på noget i vores indre bevidsthed. Mange går den i større eller mindre flok. Mange går den alene. Det skal man gøre op med sig selv, hvad man vil. Det man vælger vil være det rigtige, som du selv er ansvarlig for. Går du alene, vil du have en stor frihed til, at få det ud af Caminoen; som du har brug for. Da har du muligheden for, at være dig selv uden, at tænke på, at skal tage større hensyn til andre.

Vi snakker om Caminoen. Pias lyst til at gå den, bliver

større. Hun begynder at snakke omkring, hvorvidt vi alle tre skal gå turen. Jeg bliver spurgt om min interesse, for Caminoen. Min interesse virker ikke så stor, og jeg siger ikke meget om emnet. Men Pia presser lidt på for, at få et mere konkret svar. Jeg har stadig ikke meget at sige; men får dog svaret, at det lyder spændende og interessant. Pia er dog stadig interesseret i et mere fyldigt svar, og derved snakke mere om Caminoen. Vi kommer frem til den konklusion; at hvis det ikke har min store interesse, at gå Caminoen, vil hun gøre det selv. Det er et svar vi begge har det godt med.

Vores hverdag fortsætter, som den plejer. Pias interesse for Caminoen vokser for hver dag. Hun begynder at snakke med andre om, at gå turen. Vi undersøger oplysninger omkring emnet, forskellige steder. Især på internettet; som har et bredt oplysningsområde. Vi finder oplysninger om ruten, med start fra Saint Jean Pied de Port i Sydfrankrig, til målet i Santiago de Compostela i Nordvestspanien. Det er specielt denne rute; der har Pias interesse. Der findes forskellige ruter man kan følge. Men det er denne franske/spanske rute, med det spanske navn "Camino de Santiago", som oversat betyder "vejen til Santiago"; at Pia ser frem til.

Min interesse for at gå turen bliver større, jo mere vi finder frem af oplysninger.

Jeg beslutter mig efterfølgende for, at vil gå med. Pia snakker fortsat med mange mennesker. Jeg har det bedst med, at være i mig selv med emnet og snakker derfor ikke med andre.

Min julegave fra Pia og Jonas er et par syntetiske sokker, som er gode til, at transportere fugten, til et par uldne sokker. Derved kan jeg holde mine fødder tørre.

Efter nytår laver vi en indkøbsliste, over hvad vi skal bruge til Caminoen. Vi finder et par rygsække, hver et par sandaler samt Pia og Jonas et par vandrestøvler. Jeg har selv et par rigtig gode støvler fra 1998. De har ikke været på nogen lange ture; men er gået rigtig godt til. Vi får købt regnsæt til os alle tre.

Midt i det hele holder vi en miniferie. I forbindelse med min 40 års fødselsdag, lejer vi et sommerhus ved vestkysten. Jeg er ikke interesseret i at skal holde nogen fest; og vil bare være sammen med min familie, i fred og ro. Jonas har Solveig med. Vi har bare de skønneste dage sammen.

Vi snakker om at købe en vogn. Da Jonas kun er $3\frac{1}{2}$ år, vil han ikke kunne gå hele turen. Jonas er virkelig god til at gå. Han elsker at komme ud på forskellige ture. For ham er det ikke noget problem, at gå fra Himmelbjergets tårn, ned til bådene og op igen. Men derfra og til at gå hver dag og i alt ca. 774 km, vil være for meget for ham.

Vi har også andre tanker, om hvordan vi kan transportere ham. Vi snakker om, at få fat i et æsel, evt. med en vogn, som den kan trække. Vores indkøb fortsætter med mindre og større ting. Vi skal finde frem til et starttidspunkt, da vi jo skal have fri fra vores arbejde. Vi beslutter os til uge 15.

Pia arbejder i social- og sundhedsafdelingen som ufaglært. Hun er ikke fastansat, men som vikar. Pia får fri og søger orlov, som bliver bevilget hende uden problemer. Jonas tager vi bare ud af børnehaven i den periode. Jeg selv arbejder som bygningsmaler. Jeg får fri og søger orlov, som jeg også får bevilget uden problemer. Vi får begge 8 uger.

Vi har planlagt at starte d. 7. april, i uge 15. Vi vil så fuldføre Caminoen indenfor de 8 uger. Vi skal så til, at bestille billetter til rejsen. Frank foreslår at flyve med Ryanair, da de er et lille flyselskab og samtidig meget billige. Vi vil flyve fra Århus via London Stansted til Biarritz, i Sydfrankrig. Vi vil her overnatte på hotel Amaryz, tæt på lufthavnen. Næste dag kører vi så med tog, fra Biarritz til St. Jean Pied de Port; som ligger ca. 50 km derfra, i østlig retning.

Pia bestiller flybilletter. Hun får at vide, at de vil koste ca. kr. 4000, hvis vi rejser d. 7. april. Pia bestiller i stedet billetter til d. 8. april, og får dem til ca. kr.

1600,00, for os alle tre. Det hele bliver så bare rykket en dag. Vores returbilletter bliver bestilt, med afrejse fra Biarritz d. 28. maj, til London Stansted. Vi skal overnatte for at komme videre. Vi reserverer værelse på hotel Green Man i Harlow, ca. 24 km fra Stansted. Den 29. maj skal vi så flyve fra London Stansted til Århus.

Der skal også regnes på økonomien. Vi skal have penge nok til det hele. Vi har ikke på noget tidspunkt, været i tvivl om, at pengene ville være der. Vi bliver ikke bekymrede. Vores tankemåde er, at vi ikke fokuserer på de enkelte ting, i det vi skal bruge. Vi forholder os til, at være i nuet og vi slipper vores tanker for, at føle efter og lytte til vores intuition. Det er jo der vi skal finde svarene. Vi tror så meget på os selv, at vi ved at rejsen vil lykkedes.

Pia tog alt det arbejde hun kunne klare for, at tjene så meget som muligt. Pia ville få udbetalt alle de feriepenge, hun havde til rådighed. Jeg ville også få min løn. Foruden den ville jeg også få udbetalt alle mine feriepenge, samt både feriefridags- og søgnehelligdagspengene.

Vi vælger at leje huset ud. Pia indrykker annonce i både Midtjyllands avisen og Ekstra Posten. Det giver flere henvendelser. Vi finder en sød og rar kvinde, som passer ind i vores planer. Hun virker meget interesseret, og vil

gerne leje huset i den angivne periode. Det er dejligt, at få det på plads.
Der er nu ca. en måned til vi skal rejse. Vi mangler stadig nogle ting, at få ordnet. Bl.a. det med en vogn. Vi snakker om og ser på forskellige muligheder. Der er "Christianiavognen"; som er god og rummelig; men meget tung. Ca. 35 kg. vejer den, foruden evt. last. Så er der "Winther"; som har forskellige vogne. Winther-vognen er knap så rummelig; men til gengæld meget lettere.
Vi henvender os til Winther cykler, og får en aftale på plads. Vi har samtidig snakket med Preben, som er beslagsmed, om hjælp til at konstruere en bedre trækvogn. For Winthers vogn er udstyret til, at spænde efter en cykel. Han laver den, så vi både kan skubbe og trække den samtidig, når vi går.
Pia snakker om, at kontakte Midtjyllands avisen for, at de kan lave en artikel om os. De kommer hvor vi får en snak. Vi bliver bl.a. spurgt, om hvilke forventninger vi har til turen. Her siger vi, at vi ikke laver nogen forventninger. Vi ved af erfaring, at alt ændrer sig så forventningerne ikke holder. Så er det bedre at tro på, at det vi skal opleve, vil have en meget stor betydning for os. Samtidig aftaler vi med avisen, at vi skal skrive undervejs på Caminoen og evt. sende billeder. Det flasker alt sammen sig rigtig godt.
Så sker der noget. Vi venter på opkald fra damen; der

skal leje vores hus. Det trækker forholdsvis langt ud. Jeg kan mærke i mig, at hun ikke længere er interesseret. Pia ringer til hende. Det viser sig, at hendes far er blevet meget syg. Derfor vælger hun, at bo hos ham og samtidig passe ham. Det er jo meget ærgerligt. Der er ca. 14 dage til vi skal rejse. Vi kan godt nå, at indrykke en ny annonce, og derved få huset udlejet. Vi kan intuitivt mærke, at det skal vi ikke. Objektivt set ved vi ikke hvorfor. Det skal bare være sådan, da der er en mening med aflysningen. Og det accepterer vi.

Morten i vores bank vil gerne, at vi finder en kontaktperson; da der kan opstå noget, imens vi er væk. Vibeke og Poul Erik vil gerne hjælpe os dermed. Samtidig har de sagt ja til, at modtage vores post og tilse vores hus.

Der er mange mennesker omkring os, som på forskellig vis bidrager til, at planlægge denne Camino. Vi vil gerne sige tak til dem. Vi vælger at invitere dem, til en lille sammenkomst i vores hus, tre dage inden afrejse. Dem som kommer, er: Frank og Dorte; Vibeke og Poul Erik; Elly og Jens (mine forældre) samt Bente og Hans Henrik. Det bliver en meget berigende dag for os. De kommer på hver deres måde, med en gave til os; som vi kan bruge på rejsen.

Dorte og Franks gave vil jeg gerne fremhæve, da jeg

har en personlig oplevelse deri. De fremfører en form for teater ved, at læse op fra forskellige bøger. De gør det på en dejlig hjertevarm måde.
Der er også andre vi vil sige tak til. Lone og Lars, Angelo, Vibeke fra børnehaven, Grethe, Ole, Janine, Inge, Jan og Finn fra H. Rasmussen samt Thomas, vores nabo.
Det er sådan, at Caminoen er forbundet med forskellige symboler. Bl.a. det, at have en sten med hjemmefra. Et sted på Caminoen kommer man til et meget stort kors. Ved dette kors er der gennem tiderne, lagt rigtigt mange sten og andet. Det er så her det er meningen, at man skal lægge sin medbragte sten.
På en tur ved Himmelbjerget, finder Jonas en sten, som han vælger at tage med. For Pia og mig, er det ikke så nemt at finde en sten. Det er som om, at der ikke er nogen der er egnet.
Man skal også gerne have en muslingeskal med. Den symboliserer apostlen Jakob. Det skal være en muslingeskal; som man frit erhverver sig. Man må ikke give noget for den. Vi får foræret 3 muslingeskaller, af mine forældre. Det er bare sådan en smuk tanke af dem. Vi føler, at vi ikke skal tage dem med.
Søndag morgen d. 6. april aftaler vi med Jytte og Flemming, at komme forbi med rundstykker. Vi vil bare så gerne se dem inden afrejsen. Vi er så tæt forbundet;

at det vi er for hinanden, foregår hele tiden, selv om vi er langt fra hinanden. Vi hygger os rigtigt godt sammen. Den ene bil Opel Ascona, har vi valgt at leje ud. Angelo vil gerne, så det aftaler vi. Der opstår bare det, at der går hul på udstødningen, et par dage inden vi skal rejse. Det lykkedes mig, mandag morgen at få fat på de dele, som skal bruges. Jeg får den defekte udstødning udskiftet; og samtidig skifter jeg både olie og oliefilter.

Vi har delt os op i to for, at nå det sidste inden afrejse. Jonas er i børnehave. Jeg får handlet noget udstyr, til kamera og pc'er for, at gøre det muligt, at sende billeder.

Nu er vi nået til mandag d. 7. april, om aftenen. Alt skal være planlagt og i orden. Alt det vi skal bruge er frembragt og vi får pakket det vi kan. Vi kommer forholdsvis sent i seng denne aften. Det skyldes måske nok, at der er en form for spænding før rejsen, uden at vi er nervøse.

*

2

Vi kommer tidligt op denne dag d. 8. april. Jeg kan mærke, at jeg har stærke fornemmelser for, at jeg senere vil få et epileptisk anfald. Jeg beder til Gud: "Kære fader, det kan ikke passe, at jeg skal have et anfald nu, hvor jeg er klar til at tage af sted". Sekundet efter forsvinder disse fornemmelser.
Vi har aftalt med Frank, at han skal køre os til lufthavnen i Tirstrup. Vi vil gerne være klar til han kommer, og det lykkedes. Vi får hurtigt pakket bilen. Bagklappen kan dog ikke lukkes, da Winther-vognen fylder for meget. Vi binder den fast og kan derefter køre. Vi ankommer i god tid, et par timer før afgang. Vi går til check-in. Her er endnu ikke så mange mennesker. Her viser det sig, at Pias pas ikke helt er i orden. Pia hedder jo Jakobsen til efternavn. Billetterne står jo derfor i Jakobsen. Men i hendes pas står Wolek; hendes pigenavn. Politiet på stedet kan måske hjælpe, med et stempel i passet. Det viser sig dog, at de ikke har bemyndigelse dertil. Vi får ændret i reserveringerne fra Pia Jakobsen til Pia Wolek Jakobsen. Så burde det ikke volde problemer.
Det er jo første gang, at Jonas skal ud at flyve. Vi har forberedt ham rigtig meget. Han kan selv sige: "Vi skal

flyve til London og Biarritz". Det er det største for ham ved, at planlægge rejsen. Han ser den flyver; som vi skal med. Den kommer ind og lander.
Vi siger farvel og tak til Frank. Hvor er det dog dejligt, at sige tak til ham. Vi går om bord. Jonas kommer ud til vinduet at sidde. Det er bare sådan en stor oplevelse for Jonas; men så sandelig også for os. At mærke flyet lette, giver ligesom et stort sug i underbevidstheden. Jonas hygger sig rigtig meget. Vi får set Ry og Gl. Rye, fra luften. Vi kan dog ikke se vores eget hjem. Vi ankommer til London Stansted lufthavn, ca. kl. 10.45 lokal tid. Vi får hentet vores bagage. Herefter skal vi vente i lufthavnen, i ca. 4 timer. Her er det rigtig godt, at have vognen til Jonas. Alt det der sker, gør ham mæt og træt. Vores bagage kan også være der i. Vi kommer gennem check-in uden problemer.

Vognen skal her afleveres, helt ude ved flyet. Vi har den med gennem personlig kontrol. Her har vi en lille kasse, med mad og forskelligt i, bl.a. en lille dåseåbner, af den langsomme type. Politiet tillader ikke, at have den med ud til flyet; selvom den er med i vognen, som skal ind til andet bagage. Det er pga. faren for terror. De får så lov til at beholde den.

Her møder vi vores første "kollega". Han rejser også med for, at komme ud på Caminoen. Han er en ung tysker, sidst i tyverne. Han fortæller at han har en del

personlige problemer; hvor han så håber, at Caminoen vil hjælpe. Det kan jeg kun bekræfte over for ham, at det vil den. Det vil helt komme an på ham selv, hvor meget.
Vi kommer om bord. Jonas er igen spændt og glad over flyveturen. Vi ankommer til Biarritz ca. kl. 17.30. Vi finder vores hotel "Amaryz"; som ligger 500 meter fra lufthavnen. Det er dejligt lunt i Sydfrankrig. Alt er mere eller mindre sprunget ud.
Vi rejste fra et par graders varme, med udsigt til sne, ned til ca. 20 graders varme. Det er en behagelig oplevelse. Der sker ikke så meget mere den dag. Vi går en tur for, at lette vore følelser.

*

3

Det er nu onsdag d. 9. april. Vi får morgenmad. Herefter undersøger vi togforbindelserne, til St. Jean Pied De Port. Vi skal til Bayonne banegård, ca. 12 km fra Biarritz. Der er problemer med busforbindelsen, så vi tager en taxi. Vi får købt togbilletterne. Her er der ca. 3 timers ventetid. Vi går en tur og får set lidt af byen Bayonne.
Vi kommer med toget, som er dejligt lille. Jonas elsker også toge. Vognen er igen for stor. Den er nødt til, at stå på højkant i forgangen for, at være med. Vi hilser på et ældre tysk ægtepar. De skal også ud, at gå Caminoen. De er klædt i flot Tyrolertøj, med et norsk flag på hatten. De har en gang, været på vandring i Norge. Da vi ankommer til St. Jean Pied De Port, vil de filme os med deres videokamera.
Der er flere; som skal gå Caminoen; som vi hilser på. Vi følges alle ad, op igennem byen for, at finde pilgrimskontoret. Det er her vi skal tilmelde os, inden starten for, at få vores første stempel. Vi vil også få en vejrmelding, om mulighederne for, at gå den efterfølgende dag.
Vi skal jo starte med, at krydse Pyrenæerne. Her er der to ruter. En mere direkte som følger hovedvejen,

over et pas og grænsen, til Roncesvalles. Eller op i bjergene. Først på en mindre vej, dernæst ad stier over et pas og grænsen til Roncesvalles. Vi vil senere finde ud af, hvilken rute vi skal vælge. Vi får allerede her forskellige kommentarer, omkring vores forestående tur. Der er flere; som tvivler om hvorvidt det er muligt, at gå med et lille barn og vogn. Men vi har vores tro med os. Vi er overbeviste om, at det godt kan lade sig gøre. Vi finder et sted at overnatte. Det lokale refugie, på 55. rue de la Citadelle, med 18 pladser er helt optaget. Vi får anvist et andet sted. Nr. 21 hos Jean. Han er en rigtig franskmand; som foruden fransk, taler spansk og meget lidt engelsk. Han er meget god til, at gøre sig forståelig på andre måder. Det ser jeg som en dejlig god udfordring. Han får præsenteret stedet for os, på en meget forståelig måde. Så det er jo bare godt.

Vi hygger os resten af dagen, finder et sted at spise og gør nogle indkøb. Jeg finder ud af, at min regnjakke ikke er kommet med. Min schweizer- lommekniv er heller ikke med. Lappegrej og luftpumpe er heller ikke med. De er alle for vigtige til at undvære.

Om aftenen får vi fortalt om vejrsituationen. Der bliver sagt, at næste dag vil det være helt umuligt, at gå op i bjergene, pga. sne. Der vil så være mulighed for, at gå ruten, langs med hovedvejen. Men ikke for os, igen pga. vejret og specielt fordi vi har Jonas med os.

Vi forbereder os så på, at blive en ekstra dag. Vi går tilbage til værelset for, at sove. Næste dag d. 10. april havde vi jo hjemmefra, gjort os forhåbninger om at starte Caminoen. Den er så blevet ændret. Vi får fortalt Jean om situationen. Det er ikke noget problem. Vi kan sagtens blive så længe vi har brug for.
Vi besøger igen pilgrimskontoret. Her er der kommet anden bemanding på. Bl.a. en ung mand, som kender meget til Caminoen. Pia snakker med ham. Jeg har en følelse af, at jeg ikke har behov for at snakke med ham. Han fortæller med fast holdning, at det ikke er muligt at gå Caminoen, med et lille barn i en vogn. Ruten er simpelthen så meget stenet og ujævn. Samtidig vil den være meget mudret, hvor der er stejlt både op og ned. Han siger: "Gør det ikke". Pia tager det meget nært. Hun bliver ligefrem rystet over beskeden. Jeg er mere rolig. På en måde har det ikke min interesse. Det forekommer mig som om, at det ikke omhandler mig. Vi går en tur ned i byen, hvor vi bliver lidt irritable på hinanden. Det er ligesom vi er uenige om noget.
Jonas begynder at snakke om, at komme hjem. Han kommer med en kommentar omkring de indkøbte madvarer: "Dem skal dyrene have". Her mener han dyrene på Høgdal, hos Arne; nabo til vores hus. Jeg spørger Pia: "Vil du gerne hjem?". Vi må finde et svar. Vi er en tur på den lokale legeplads. En mindre park. Det er

dejligt lunt vejr med solskin.
Pia og Jonas er trætte. De vælger at gå op for at sove.
Jeg følger dem tilbage til værelset og vælger herefter, at gå en tur. Jeg går længere op af 55. rue de la Citadelle. Citadelle er navnet på et gammelt fængsel, der i dag, er et museum. Jeg vil se lidt af denne gamle by. Den har en gammel bymur, fra en tid med megen krig. Der er også en borg, med meget små skydehuller i. Den er jeg oppe på. Her er en dejlig udsigt over byen og langt ud over landet. Jeg kan følge et stykke af Caminoen.
Jeg kommer tilbage, hvorefter Pia og Jonas vågner. De kommer op og vi snakker igen om situationen. Vi finder endnu ikke nogen løsning. Vi prøver at forberede os til, at starte på Caminoen den næste dag.
For mig er det som om, at det ikke er noget vi videre skal snakke om. Min intuition fortæller mig, på en diskret måde, at jeg skal forberede mig på, at gå alene. Det er noget jeg ikke kan fortælle Pia. Hun skal selv finde svaret.
Senere på eftermiddagen kommer svaret så. Pia fortæller mig: "Jonas og jeg skal rejse hjem igen. Vi skal ikke gå med på Caminoen". Det kommer som en dejlig befrielse. Det løsner op at høre det. Ikke kun for mig; men især for Pia. Jeg vidste jo til det forinden, og ventede kun på, at Pia skulle finde svaret.

Vi snakker om den nye situation. Nu er alt, lige som på plads igen. Ved at snakke, finder vi frem til sammenhængen og forståelsen, for de forskellige opståede situationer: Min ikke for store interesse, for planlægningen af Caminoen. Afslag fra kvinden; som skulle leje vores hus. Jonas' kommentarer om, at komme hjem og om dyrene på Høgdal. Om den unge mands snak med Pia, at vi ikke kan klare turen, med Jonas i en vogn. Ved at forbinde disse ting med vores svar, falder alt på plads; ligesom i et puslespil. Vi er begge overbeviste og sikre på, at Pia og Jonas skal rejse hjem igen, samt, at jeg skal gå Caminoen alene. Pia er lettet og glad for, at finde svaret på spørgsmålet: "Hvad skal vi nu gøre?"! Jeg er selvfølgelig også glad og lettet.

Men det er en meget stor opgave for Pia, at acceptere dette svar. Hun havde startet med planlægningen. Hun sagde jo på et tidspunkt: "Hvis du ikke vil gå med, kan jeg jo bare gøre det uden dig". Efter at have tilsluttet mig planlægningen om, at vi alle tre skal gå, var det fortsat Pia; som lavede den største del af planlægningen. Det er bare så meget energi Pia har lagt i for, at denne rejse skal lykkedes. Hun har virkelig gjort, et kæmpe stykke arbejde.

Det betyder jo, at følelserne kommer frem. Hun bliver også ked af det. Det er klart. Hun formår at holde jordforbindelsen; da hun ved, at sådan skal det være.

Det må jeg sige, er meget flot og beundringsværdigt. Jeg selv er også rørt af situationen. Gennem min intuition fik jeg fornemmelsen af, at det ville komme sådan. Vi snakker meget om afgørelsen for, at konstatere hinandens beslutning samt, at løsne op for vore følelser. Det er så vigtigt, at snakke det igennem flere gange. Jo mere kan vi konstatere, at det vi nu skal gøre, er det rigtige. Især når det er, så vigtig en beslutning.
Nu skal der handles. Hele rejsen er jo planlagt, i alt det vi kan. Hjemrejsen skal ændres. Vi ved ikke helt hvordan. Vi ved bare uden for megen snak, at de skal hjem på en hurtig måde. Altså med fly. Der er på intet tidspunkt, nogen form for panik over os. Vi er alle tre fuldstændigt afslappede og fattet over situationen. Dette skyldes vores evne til, at acceptere vores egen givne situation; at vi forholder os til os selv i nuet.
Jeg ringer til Frank og sætter ham ind i situationen. Han er godt nok lidt overrasket; men bliver hurtigt fattet. Her er Frank en rigtig, stor uvurderlig hjælp. Vi ved hvordan det skal foregå; men kan ikke selv ordne det. Efter et par timers ihærdigt arbejde, fra Franks side, får vi købt og ombestilt flybilletterne. De bliver godt nok noget dyrere. Fra at have kostet ca. kr. 1600, for os alle tre; kommer de til at koste ca. kr. 6000, for Pia og Jonas. Det er noget som bare skal ordnes og

derfor sker det også bare på denne måde.
Pia og Jonas skal med fly, næste dag d. 11. april, fra
Biarritz kl. 19.05. I London Stansted skal de overnatte.
Her bliver der reserveret et værelse på hotel Green
Man i Harlow, ca. 24 km fra lufthavnen. Vi kan derefter
slappe af resten af dagen. Vi går en tur for, at ordne
nogle få ting. Bl.a. går vi ned på banegården for, at købe
togbilletter til Pia og Jonas.
Jeg vil hæve nogle penge og indtaster et beløb på 200
Euro for, at vi begge kan få nogle. Men det virker ikke.
Der står ikke rigtig nogen forklaring. Vi har dog nogle
kontanter, som vi så deler imellem os. Vi går en tur hen
på legepladsen igen. Her leger Jonas, med nogle af de
andre børn. Herefter finder vi en restaurant, og får os
noget at spise.
Da vi kommer tilbage til vores værelse, får vi fordelt
vores bagage. Jeg skal have de ting med, som er
planlagt til vandreturen. Jeg vælger også at tage
Salemkortene med, til at dele ud af. Det er nogle meget
smukke kort, tegnet af Signe Sommer. De er lavet i en
serie på 8 og fortæller hvert deres. Samtidig har de en
dejlig energi i sig. Denne energi er med til, at hjælpe i
det omfang, man har brug for. F.eks. ved at lægge
kortet under hovedpuden, når man sover eller slapper
af.
Vejrsituationen er meget usikker, om hvorvidt man kan

gå over Pyrenæerne. Jeg får en besked via min intuition om, at det er min opgave, at starte Caminoen ved, at gå ad bjergvejen. Det er den mest rolige vej, da der ikke er megen trafik. Det er også den flotteste tur, og samtidig den hårdeste. Jeg fornemmer, at vejret den efterfølgende dag, vil arte sig til at jeg kan gå.
Jeg får stillet vækkeuret, da vi skal tidlig op. Det er så vores sidste nat sammen, i længere tid. God nat.

*

4

Næste morgen d. 11. april, kommer vi op i god tid. Vi tager os et dejligt bad. Da vi kommer nedenunder, henvender jeg mig til Jonas og spørger ham: "Kære Jonas, se denne sten, som du har fundet ved Himmelbjerget og taget med herned. Må jeg få den af dig, så jeg kan bære den, på denne lange gåtur"? Han svarer: "Ja far, det må du gerne. Men du skal tage den med hjem til mig". Det er godt nok, et dejligt svar for mig. Tænk at vise mig den tillid. Han holder jo rigtig meget af denne sten.

Vi går derfra kl. 6.30. Vi når til stationen i god tid, da toget skal køre ved 7-tiden. Jonas går og kigger efter toget. Det holder længere henne ad stationen. Det venter bare på, at komme i gang.

Så kommer det; og det ligner det andet tog; som vi kom med. Vi får sagt meget kærligt og ømt farvel til hinanden. De kommer på toget, med al deres bagage og Winthervognen. Her presser følelserne ekstra på. De sætter sig ind på deres pladser, ved vinduet. Der er fugt på vinduet. Her skriver jeg spejlvendt med en finger, "Jonas", så de kan læse det. Så begynder toget at køre. Jeg følger med toget og vinker. Jeg kan se Pia græde. Til sidst må jeg stoppe og de forsvinder ud af

syne.
Så kommer mit følelsesudbrud. Jeg sætter mig ned på knæ, hvor jeg skriger og græder mine følelser ud; i et par minutter: "Kære Gud, hvorfor skal det dog være sådan"? Herefter rejser jeg mig op. Jeg føler mig meget fattet og ved hvad jeg skal. Jeg føler mig bare rigtig meget klar til, at starte på Caminoen.
Jeg kommer tilbage til værelset, hvor jeg pakker færdig. Jeg går nedenunder for, at spise noget morgenmad. Her hilser jeg på andre, som også skal starte Caminoen. Bl.a. en franskmand; som jeg snakker lidt med.
Der hænger nogle muslingeskaller, som man frit kan vælge imellem. Jeg vælger en som er meget flot. Man kan vælge mellem, at donere nogle penge til en fond, eller bare tage den med. Jeg vælger at tage den, uden at betale noget.
Der er en gæstebog. Jeg læser lidt i den. Der er andre her; som også skal starte i dag; bl.a. 3 australske piger. Jeg skriver en lille hilsen på dansk, om hvordan situationen står til, for Pia, Jonas og mig.
Da jeg er klar til at gå, møder jeg Jean. Han kender jo til vores situation om, at Pia og Jonas er rejst hjemad og at jeg skal gå selv. Han fortæller mig, at vejrsituationen er sådan, at det ikke er muligt, at gå med et barn i en vogn. Jeg spørger ham så, på et lidt

blandet engelsk: "Is it possible to walk solo?". Han svarer: " Yes it is possible". Det er bare sådan en dejlig konstatering! Dagen i forvejen var det ikke muligt, at gå over bjergvejen solo. Der var for meget sne. At følge hovedvejen, var det muligt at gå. Det valgte bl.a. det ældre tyske par, i Tyrolertøj. Jeg vidste jo pr. intuition, at jeg skulle gå ad bjergvejen. Derfor er den åben denne dag, hvor jeg skal starte.
Jeg siger mange tak til Jean, hvorefter vi giver hinanden et dejligt kram. Jeg lader mig føle, hvad dette mellem Jean og mig gør ved, at mine følelser kommer til orde. At komme af sted på denne måde, giver mig så meget.
Kl. er 8.27, og der er dejligt solskin. Jeg går til venstre, med retning mod bymuren. Jeg kommer hurtigt til den. Da jeg kommer udenfor bymuren, kigger jeg tilbage og siger tak for nu. Jeg ved, at jeg først vil komme hjemad igen, når jeg har tilbagelagt de foranstående 774 km. Her udenfor bymuren, er der anvist de forskellige tegn; som jeg skal følge. Det er en gul muslingeskal på et blå skilt, som er på en gul pil. Det 2. er en hvid over en rød streg. Jamen, så er det bare om at fortsætte.
Jeg går ud af vejen. Jeg har fået fortalt, at det vil være den hårdeste, af alle bjergturer. At den fra start, bare vil gå stejlt opad, i lang tid. Det viser sig, at den starter med at gå opad; men ikke nær så meget som

der er omtalt. Så det er jo nok lidt overdrevet. Eller også ser man bare forskelligt på det.

Jeg holder øje med mærkerne. Jeg kommer til stedet hvor vejen deler sig. Det er lidt specielt følelsesmæssigt, for mig.

Efter et par timer, stopper jeg op og ser mig tilbage. I baggrunden kan jeg stadig se St. Jean Pied De Port. Men den er da godt nok, blevet noget mindre. Og nu er der kun ca. 766 km tilbage!

Jeg ved ikke hvor langt jeg er nået. Her sker det første gang, at jeg går forkert og eneste gang på landet. Jeg følger vejen og overser nogle mærker, som viser til venstre, ad en lille sti. Jeg kommer dog også lidt i tvivl,

da jeg ikke mere kan se nogle mærker. Jeg går dog videre med den overbevisning om, at jeg bare skal følge vejen. Så skal mærkerne nok komme. Jeg kan se andre gå ad stien og derudfra se, at jeg vil møde stien længere oppe.
Efter endnu et par timers vandring, vælger jeg at holde middagspause. Jeg trænger til noget at spise. Jeg har lidt forskelligt med. Noget brød hvortil jeg har noget dåsepostej. Nogle kiks, en pose nødder, noget frugt og nogle gulerødder. Nødderne, frugten og gulerødderne spiser jeg også lidt af, mens jeg går. Jeg har også et par flasker vand med. I mellemtiden er skyerne begyndt at trække op. Det ser meget ud til regn. Der er også andre som går, som jeg hilser jeg på. Vi kommer med nogle små kommentarer til hinanden.
Jeg begynder at gå igen. Jeg har vel kun været i gang, i et par minutter, da det begynder at regne. Så jeg stopper igen for, at få mit regntøj på. Det er ikke så kraftigt regn, så jeg undlader regnbukser. Der går dog ikke lang tid, så tager regnen til. Stop igen, af med rygsækken og på med regnbukserne.
Jeg er helt overbevist om, at det at vandre Caminoen, skal give mig noget. Hvor omfangsrigt det er og hvad det indebærer, ved jeg endnu ikke noget om. Det vil vise sig, når det er. På en ting ved jeg dog, at det vil få stor betydning. Det er min urene energi, overfor mig

selv. Den figurerer meget i mig, på forskellige måder.
Det er mine tanker og spekulationer, fra mit ego; som
kommer med forskellige illusioner, af følelser til min
krop.
En ting er klart for mig. Jeg kan mærke, at jeg skal gå
alene. Ikke følges med nogen, i længere tid. Gerne hilse
på forskellige og have korte samtaler med nogen. Bare
ikke mere end nødvendigt. Men nu er jeg jo lige startet.
Jeg skal finde mig tilpas i, hvordan jeg skal gå. Jeg skal
prøve at finde en rytme, som passer til mig.
Det bliver koldere jo længere jeg kommer opad. Regnen
går over i slud og bliver derefter til tøsne. Det bliver
ikke frostvejr; men der er allerhøjst et par grader.
På et tidspunkt skal jeg forlade vejen og derefter følge
en sti, op i bjergene. Da jeg kommer dertil, er der et
pænt hvidt lag sne.
Det fortsætter med at sne. Og det kommer voldsomt.
Da det også blæser, er det som om det pisker, ind mod
mig. Jeg har regnhætten oppe, og får den til at skærme
for sneen. Jeg kan ikke se særlig meget frem. Sådan
forløber det sig i et par timer. Det er meget
trættende. I den forbindelse, river jeg hul på ærmet af
min regnjakke. Det er et pigtrådshegn; som jeg kommer
for tæt på.
Jeg tænker på, om jeg ikke bare kan lægge mig ned for,
at slappe af og sove. Nej siger jeg til mig selv. Det er

det jo nok lidt for koldt til. Jeg er stærk i troen på mig selv. Det holder mig oppe til at fortsætte. Mine tanker kommer ind på Pia og Jonas. De er sikkert nået til Biarritz lufthavn, hvor de venter på, at komme med flyveren.
Det stopper med at sne; som er dejligt. Kort efter kommer jeg til grænseskelet. Det er en færist på stien. Jeg har fået fortalt om den og ved derfra, at nu er jeg nået til grænsen mellem Frankrig og Spanien. Der er ingen kontrol. Jeg sender nogle tanker til stedet, og går videre.
Jeg fortsætter med at møde mennesker. Det er hyggeligt. Samtidigt holder det mig oppe til, at fortsætte turen. Jeg er oppe i ca. 1500 meters højde. Skyerne hænger omkring mig. Så det med, at det er en smuk tur med skøn udsigt, kan jeg ikke udnytte her. Men det giver mig noget andet. Det gør det, at jeg holder min opmærksomhed, på det jeg skal arbejde med. Nemlig mig selv! Det som er min opgave på denne Camino.
Lidt længere fremme henter jeg de 3 australske piger. De er noget trætte og kede af turen. De er også stærke i deres tro og fortsætter. Jeg følges med dem. Vejen deler sig i 2. Pigerne er lidt usikre om hvilken vej de vil tage. Så jeg fortsætter selv ad ruten; som her fører mig ned af en meget stejl skovsti. Sådan

fortsætter det ca. 500 meter. Det er hårdt, da det samtidigt er vådt og mudret.

Vejret klarer lidt op, hvorefter jeg tager mine regnbukser af. Det bliver jo hurtigt varmt og fugtigt med dem på. Pigerne har også valgt samme rute. De henter mig og kommer foran mig. Herfra er der kun ca. en lille time, til mit første mål, Ronchevalles. Det er en dejlig tanke; som giver ekstra energi.

Pludselig hører jeg noget støj. På stien foran mig, kommer der 10 store voksne heste, løbende imod mig. Her sker der noget specielt. Samtidig med at jeg går ud i højre side, får jeg øjenkontakt med førerhesten. Jeg kan straks mærke en dyb gensidig respekt. Jeg får en kontakt med hestens sjæl, nok til at førerhesten leder flokken forbi mig.

Kort tid efter møder jeg nogle mennesker. De spørger mig, på en blanding af spansk og engelsk, om jeg har set en flok heste. Mine tanker er i hændelsen med hestene. Jeg fatter mig dog hurtigt og svarer dem: "I den retning". Mine følelser fortæller mig noget med, at hestene ønsker deres egen frihed. Så på en måde er det som om, at jeg bare ønsker, at de ikke vil finde hestene.

Jeg henter pigerne igen. Vi når næsten samtidig til Ronchevalles. Her er kl. 16.30, så jeg har været af sted i ca. 8 timer.

Sikken dejlig fornemmelse, at være nået hertil. At have

overstået den første etape. Så skal alberguet (et slags herberg) findes. Det er ikke helt så enkelt, da der er forskellige store bygninger. Det skyldes nok mere min egen utålmodighed, da jeg er noget træt. For byen er ikke særlig stor. Jeg finder det. Det er rimeligt stort, med plads til 110 mennesker. Der er en kvinde til at tage imod. Hun snakker kun spansk og måske noget fransk. Hun snakker hverken engelsk eller tysk; som er de to sprog jeg kan, foruden mit dansk. Jeg skal finde mit pas, da hun skal bruge mit pasnummer. Jeg skal indskrives for, at hun kan få tilskud fra staten. Hun får et beløb for hver, som er indskrevet. Jeg betaler 7 Euro for at overnatte. Det inkluderer en seng med pude og tæppe, samt toilet og bad med varmt vand.
Jeg kommer på en sovestue med 5 spanske mænd. De er meget hyggelige. De 4 er venner og går turen sammen. Den 5. hedder Ivan og går solo. Jeg får mig et dejligt varmt og velfortjent bad. Herefter skal mit tøj og mine støvler tørre, da de er blevet en del våde. Der er en del radiatorer på gangen, der bliver tændt for. Så det udnytter jeg til, at tørre tøj og støvler på.
Når man er Pilgrim og går på denne Camino, kan man få billig middag, på restaurant eller cafe/bar. Det hedder: "Menu del Peregrino" og koster mellem 7 - 10 Euro. Forskelligt fra sted til sted. Det er en 3 retters menu. Her kan man selv sammensætte menuen, ud fra

forskellige tilbud. Der er både vand og vin til.
Jeg vælger sådan en Pilgrimsmenu. Nu er det sådan, at
når man skal ud at spise, er det for det meste efter kl.
20.00. Få steder kan man opleve det fra kl. 19 - 19.30.
De åbner ikke stederne før. Jeg er selvfølgelig også
noget sulten. Så jeg spiser lidt inden da.
Kl. 20.30 møder jeg op, og finder mig en god plads, ved
et veldækket bord. Jeg får 2 damer og 2 herrer fra
Frankrig på min venstre side. På min højre side får jeg
det samme antal, bare fra Spanien. Det bliver en dejlig
hyggelig international aften.
Jeg kommer senere tilbage på alberguet. Kl. er ca.
21.30. Jeg er træt og vil bare i seng. Samtidig er jeg
blevet, utroligt øm på mine skuldre af, at bære
rygsækken. Der er jo alligevel ca. 15 kg., at bære på.
Mine fødder er også lidt ømme; men ingen vabler.
Jeg læser lidt i min ordbog og sprogguide for, at lære
noget spansk. Jeg har også kort med over Caminoen.
Den består af 31 etaper, med forskellige længder. Jeg
studerer næste dags etape, som går fra Roncesvalles til
Larrasoána på 26,9 km. Det virker på mig til, at være en
for lang distance. Så jeg kigger på, hvad der ellers er af
muligheder, hvor jeg kan stoppe for natten. Her viser
sig Zubiri, ca. 6 km før Larrasoána. Jeg er ikke helt
sikker på, hvad jeg skal. Jeg lader det hvile, da jeg ikke
vil tage sådan en beslutning nu. Jeg vil lade det komme

an på, hvordan mine følelser har det næste dag, hvor jeg jo skal gå turen.
Der er jo 5 spanske mænd, at sove på stue sammen med. Jeg studerer dem kort hver især. Jeg siger til mig selv: "Den ene der snorker helt sikkert meget højt". Jeg vælger så at tage ørepropper i. Om natten skal jeg op at tisse og her får jeg konstateret min konklusion. Han snorker bare så højt, at 2 af de andre har lagt sig ud på gangen. Efter at have tisset, er det svært at sove videre. Jeg lukker øjnene og slapper det af, som jeg nu kan. Det giver lidt søvn, hvor jeg ind imellem vågner.

*

5

Jeg står op omkring kl. 7.00. Jeg føler mig godt udhvilet, selvom jeg ikke har sovet så meget. Jeg får mig vasket, hvorefter jeg ser til mit tøj. Det er dejligt tørt. Mine støvler er også tørre. Jeg sætter mig ude på gangen, hvor jeg spiser noget af min medbragte mad, og drikker vand til. Jeg hilser på en del mennesker; som er på vej ned for, at starte på dagens etape. Jeg går ind igen, hvor jeg snakker lidt med den ene spanier; der hedder Iván. Han fortæller mig, at han bor i Pamplona, en by, som jeg senere kommer til på Caminoen. Iván bor i en lejlighed, sammen med hans kæreste. Så han vil overnatte hjemme, når han kommer til Pamplona. Iván kommer af sted før mig. Jeg tror nok, at jeg er en af de sidste; der kommer af sted.

Men afsted kommer jeg; kl. 8.27 forlader jeg alberguet og går ud for, at finde de mærker jeg skal følge.

Jeg siger velkommen morgen, hvorefter mine tanker kommer ind på Pia og Jonas. Jeg hilser dem godmorgen. De sidder nu i flyveren fra London og har ca. En times flyvning til Århus.

Jeg har vel gået ca. En halv times tid, da jeg får øje på en kvinde forude. Det ser ikke ud til, at hun går særlig hurtigt. Så hende får jeg snart hentet. Vi hilser på

hinanden og begynder at snakke sammen, på engelsk.
"Where are you from"? Spørger jeg hende. "I'm from
Denmark"; svarer hun. Jamen det er jo meget sjovt
sådan, at møde en dansker, allerede på andendagen. Vi
følges derefter ad, hvor vi fortæller lidt mere om os
selv. Jeg fortæller hende mit formål med, at gå
Caminoen; som er en spirituel søgen. Hun fortæller om
sine grunde til, at gå turen. Efter ca. 2 timer, hvor vi
har snakket en del; kan jeg mærke, at jeg skal af med
hende. Hun er ved at blive mig for meget. Ikke pga. af
noget dårligt; men slet og ret fordi, jeg skal gå alene.
Jeg tænker på hvordan jeg skal klare det. Jeg sætter
farten lidt ned. Hun begynder at få et forspring, som
langsomt vokser. Det ser ud til at virke.
Men der går ikke lang tid, så henter jeg hende. Vi følges
igen lidt ad. Her hilser jeg på en ung kvinde og en ung
mand. De sidder på en bænk og spiser. Hun er fra
Brasilien og hedder Fabrina. Han er fra Spanien og
hedder Dimas. Dimas går ikke, han er på cykel. Det er
som om jeg kender Fabrina. Jeg kan mærke, at der er
en speciel grund til, at jeg skal møde hende.
Danskeren og jeg går videre, hvor jeg sætter farten op.
Jeg får et forspring, som langsomt bliver større. Vejret
udarter sig til regn. Jeg kommer til et lille forladt hus,
uden vinduer og døre. Her sætter jeg mig ind og slapper
lidt af. Mine tanker kommer ind på Pia og Jonas. Er de

nu også kommet helt hjem. Jeg ved, at Frank skal hente dem i lufthavnen og køre dem hjem. Jeg er ikke nervøs for dem. Det er mine følelser og mit savn; som presser på. Danskeren kommer forbi. Vi vinker til hinanden. Efter ca. 10 minutter fortsætter jeg med at gå. Jeg går godt til, med et tempo som passer mig godt. Jeg henter hende igen. Hun går med kort afstand til Fabrina og Dimas. Herfra er der ikke langt til Zubiri. Imens jeg går, tænker jeg på om jeg skal stoppe i Zubiri eller fortsætte til Larrasoána.
Ved indgangen til Zubiri stopper jeg. Her stopper også de 3 andre. Vi snakker lidt frem og tilbage. Det regner stadig lidt. Jeg tænker på, at jeg vil af med danskeren. Jeg beslutter mig for, at undersøge alberguet i Zubiri. Jeg går på en bro, som fører over en flod. Jeg finder nogle mennesker, som jeg spørger om vej. Jeg ser at hende danskeren følger mig. Vi går sammen og finder Refugiet. Hun kommer først ind og finder en seng. Hun siger: "Jeg er bare så træt, så her bliver jeg". Hun har tidligere fortalt mig, at hun ikke har fået særligt meget søvn, de sidste nætter.
Nu sker der noget specielt for mig. Jeg går også ind for, at finde en seng. Der er 5 ledige senge. Det jeg føler er, at ingen af dem passer mig. Følelserne fortæller mig, at jeg ikke skal være her. Jeg går ud for at sunde mig.

Jeg går ind igen for, at mærke efter om det nu kan passe. Ja, det er akkurat de samme følelser. Jeg vil sige noget til danskeren; men mine ord snubler i munden på mig. Hun spørger om hvad jeg siger. Jeg tænker: Nej ikke mere snak. Jeg siger: "Jeg vil ikke sige mere. Jeg går videre til Larrasoána. Ha' det godt, farvel".

Herefter går jeg bare ud. Jeg er træt. Men nu får jeg fornyet energi til, at gå videre. De sidste 3-4 timer har mine tanker kørt på, at komme af med hende. Så min opgave ligger i, at bringe hende sikkert til alberguet, i Zubiri; for derefter selv at gå videre. Ja det er sandt, det er virkelig en lettelse. Jeg går tilbage ad samme vej, som jeg er kommet ind i byen. Jeg kan mærke en

virkelig god energi og går med et godt tempo. Jeg henter et østrigsk par, som jeg hilser på.
Efter ca. 1½ times yderligere vandring, finder jeg Larrasoána.og alberguet er ikke svært at finde. Her er allerede en del mennesker, bl.a. Dimas og Fabrina. Jeg hilser på dem og alle andre. Alberguet er delt op i to. Fabrina og Dimas skal sove i den 2. Afdeling, i kælderen. Jeg finder mig en seng, som hilser mig dejligt velkommen. Jeg har gået ca. 27 km., så jeg er lidt træt. Jeg kommer i et dejligt varmt bad. Bagefter hænger jeg mit våde tøj, udenfor til tørre. Mine støvler er også våde. De får nogle aviser stoppet i sig.
Jeg har min mobiltelefon med. Vores fastnettelefon er midlertidigt lukket, pga. rejsen. Jeg forsøger at ringe til Pia, på hendes mobiltelefon. Det er bare ikke til, at få fat i hende. Jeg ringer til Frank og Dorte for, at høre Frank ad. Han er så endnu ikke kommet hjem. Jeg forsøger igen på Pias mobil op til flere gange. Jeg er ikke nervøs, jeg vil bare sådan gerne, høre hendes stemme, samt høre min søn Jonas. Det lykkes mig ikke, at få fat i Pia. Jeg får senere snakket med Frank. Han kan fortælle mig, at alt er gået godt, samt at de begge har det godt.
I rummet er der plads til ca. 20 sovende. Det er dejligt sådan et sted. Jeg kommer i snak med mange. Her hilser jeg på flere, som også skal fortælle mig noget.

Jeg henvender mig til Fabrina. Vi hilser igen og jeg spørger hende, om jeg må sige noget personligt til hende. "Jeg kan mærke, at der er en dybere mening med, at vi to møder hinanden her. Jeg føler noget specielt over for dig, fra første gang jeg så dig". Hun siger: "Det samme føler jeg også, fra første gang jeg så dig". Vi taler yderligere sammen for, at finde ind til hvad, vores møde skal betyde. Vi fortæller hinanden, vores mening med, at gå denne Camino. Jeg fortæller hende om min oplevelse, med den danske kvinde. Hun syntes også, at den er noget specielt.
Senere går jeg en tur. Her kommer jeg til en almindelig villa. Jeg kigger godt nok lidt. For i baghaven går der 10 heste. De går fornøjeligt omkring og spiser lidt græs. Jeg leder efter et sted, hvor jeg enten kan handle eller få noget at spise. Jeg spørger nogle unge mennesker, som henviser mig til den anden ende af byen. Her møder jeg sandelig en kending. Det er den samme kvinde; som tog imod i alberguet, i Roncesvalles. Hun kommer gående, ud fra et hus, med et dejligt udstrålende roligt sind; ligesom med et formål, at hjælpe mig. Jeg tænker: "Hvad skal dette mon betyde"? Hun virker så smuk og blid som en engel. Jeg spørger hende om hun kender et sted at spise. Hun snakker kun fransk, så jeg forstår ikke rigtigt hvad hun svarer; men det er som om jeg skal følge hende. Hun viser mig hen til en café/bar, hvor jeg

kan få en Pilgrimsmenu. Okay tænker jeg, det er da dejligt og takker hende.

Jeg går indenfor. Her møder jeg igen de franskmænd; som jeg spiste sammen med i Roncesvalles. Jeg bliver budt på et glas hvidvin. Vi sætter os til bords, sammen med et par unge spanske kvinder. Den ene hedder Mercedes. De er meget søde, hvor Mercedes hjælper med, at oversætte franskmændene. Jeg får igen en 3 retters menu, med vand og rødvin til ca. 10 Euro.

Jeg kommer tilbage til alberguet og gør mig klar til at sove. Jeg syntes at jeg har haft en begivenhedsrig dag og føler mig rigtig godt tilpas. Mine skuldre gør stadig ondt. Mine fødder er lidt ømme; men endnu ikke nogen vabler. Jeg kigger på næste dags etape, til Cizur Minor på 19,5 km.. Det er ca. 4 km. efter Pamplona. Det vil blive for kort en tur kun, at gå til Pamplona. Så jeg forbereder mig at gå til Cizur Minor. Imens jeg ligger i sengen, hilser jeg på et irsk par, fra Belfast. De hedder Gemma og Gerry. Vi snakker lidt sammen. Vi er mange i rummet, så jeg vælger igen, at sove med ørepropper. Jeg får igen en søvn, hvor jeg vågner ved 3-tiden for, at tisse. Bagefter er det svært for mig at sove. Det lykkedes mig dog at sove lidt, ved bare at ligge og slappe af.

*

6

Jeg står op lidt over 6, dejligt udhvilet. I dag er det søndag d. 13. april, Palmesøndag. Jeg føler noget særligt, som jeg ikke lige kan definere. Jeg ved, at det har relation til selve dagen, vedrørende Jesus.
Jeg kommer af sted ca. kl. 8. Fødderne har det godt, i mine dejlige støvler. Mine skuldre har det ikke helt så godt. Det føles værst omkring venstre skulderblad, på den side ind mod rygsøjlen. Jeg siger godmorgen til denne nye dag, og godmorgen til Pia og Jonas. Følelserne til dem om, at de går med mig, er en del forstærket. Jeg ringer til Pia. Nu er hun der, og hvor er jeg dog dejlig lettet.
Mine tanker kredser om, at jeg skal forholde mig til noget, når jeg går og derved finde en fast rytme. Jeg kommer ind på det med Jesus. Palmesøndag symboliserer for den dag Jesus ridder på æsel, ind i Jerusalem for at blive hyldet. Jeg kan mærke, at det betyder noget for mig; men hvad, ved jeg endnu ikke. Jeg møder nogle fra Frankrig, en mand og to kvinder. Den ene af kvinderne synger imens hun går. Det lyder meget fornøjeligt.
Vejret er dejligt varmt, med solskin og over 20 graders varme. Jeg har skiftet de lange bukser ud, med et par

shorts. Jeg møder hende Mercedes. Hun er en meget pæn kvinde. Jeg kan mærke mit ego presse på, med seksuelle illusioner, af følelser til min krop. Jeg kan mærke, at jeg føler mig tiltrukket af denne kvinde. Det er det forhold i mig selv, jeg skal lære mig, at forholde mig bedre til. Vi følges ad et stykke vej.
Ved en lille by Zabaldica, ca. 8 km fra Pamplona, viser mit kort at Caminoen deler sig i 2. Jeg vil gerne vælge, den vej op i bjergterrænet imod, at følge vejen. Jeg spørger Mercedes hvad hun vil vælge. Men hun ved ikke til noget, om Caminoen deler sig. Så jeg får ikke noget svar. Ca. 200 m. før pauserer hendes veninde. Her vælger hun også at holde pause. Jeg kan mærke, gennem min intuition, at jeg skal fortsætte. Jeg går videre; og her viser det sig, at Caminoen ikke deler sig. Der er kun anvist med anmærkninger, op i bjergterrænet. Ja det er jo så godt nok, da det er den rute jeg gerne vil følge.
Nu nærmer jeg mig Pamplona. Her møder jeg en kvinde. Hun overnattede også i Larrasoána. Hun fortæller om sig selv, at hun bor i Pamplona og er gift med en svensk mand. Hun selv er fra Irland. Jeg følges med denne kvinde. Da vi kommer til Pamplona sker der noget særligt. Jeg føler en speciel stemning, inde i mig. Der er en kolossal mur rundt om byen. Da kommer svaret til mig, hvad jeg føler. Det er jo Palmesøndag og vejret er

skønt. Foran mig, på vejen op til bymuren, er det ligesom en allé. Det virker som om, det er af en slags palmetræer. Jeg ved det ikke. Det betyder heller ikke så meget. Det der betyder noget, er følelsen af, at jeg føler mig som Jesus, da han red ind i Jerusalem, på et æsel. Jeg har ingen æsel; men går til fods i mine støvler, bærende på min ekstra byrde via min rygsæk; som min bodsgang. Jeg kan mærke, at følelserne presser på i mig. Jeg bliver fyldt ud, af en form for tilfredshed. Jeg har bare sådan, en dejlig fred og ro i mig.

Jeg føler i mig, at de efterfølgende dage, inklusiv Påsken, vil betyde meget for mig, i forbindelse med Jesus. Hvad det vil betyde, ved jeg endnu ikke. Det vil vise sig for mig, når tiden er for det. Jeg ved kun, at det vil være af symbolsk betydning; som også kan være hårdt.

Vi kommer til porten og går ind. Her er der fest i gaderne. Der er rigtig mange mennesker, som snakker, hører musik og danser. Det er som om festen gælder, ikke direkte mig selv; men at de fejrer Palmesøndag, med musik og dans for Jesus, symboliseret i mig. Det er virkelig en smuk oplevelse. Kvinden fortæller mig lidt om tyrefægtning, hvor tyrene løber gennem byens gader. Det er bare sådan en stor fest, siger hun. Jeg siger, at jeg ikke bryder mig om tyrefægtning. Hun siger, at hun

elsker det. Hun fortæller, at hun skal ringe til hendes mand, for at mødes med ham. Han vil invitere hende ud at spise. Herfra går jeg selv videre. Jeg kommer til udkanten af byen. Her gør mine fødder for alvor ondt. Jeg stopper og tager støvlerne af. Der er kommet et par vabler. Det er sjovt, at de kommer netop nu på denne dag, Palmesøndag, hvor jeg går ind i Pamplona, symbolsk på samme måde som Jesus. Jeg slapper lidt af, hvor jeg samtidigt spiser og drikker lidt.
Her henter kvinden mig igen. Hun fortæller at hendes mand, er på arbejde og først vil komme senere. De aftalte så, at mødes i Cizur Menor. Hun foreslår mig at prøve sandaler. Jeg kommer plaster på, for en hurtig behandling. Jeg prøver med sandaler; men det er værre end støvlerne. Så støvlerne på igen, og det er straks bedre.
Jeg kommer til Cizur Menor omkring kl. 14.30. Her finder jeg hurtigt alberguet. Det er et hyggeligt sted privat ejet, med tilskud fra staten. Værtinden er spanier og kan flere sprog, bl.a. engelsk. Hun er samtidig sød og åben, som er rigtig dejligt. Her hilser jeg på forskellige kendinge. Det er mennesker som også har overnattet de andre steder. Det er Mercedes og hendes veninde. Det østrigske par. Den franskmand jeg hilste på, første gang om morgenen, i Saint Jean Pied De Port. De tre fra Frankrig, med den syngende kvinde.

De tre australske piger. Der er også en englænder. En kvinde; ja igen! Hun søger selskab, uden at turde gøre noget rigtigt. Hun spørger bare formelt: "How are You"? Jeg svarer: "Thank you, fine". Hun virker som om, hun ikke kan finde ud af det. Hun har ikke meget selvværd. Hende mødte jeg første gang i Roncesvalles.
Jeg kommer i bad og vasker noget tøj. Jeg får lidt at spise og efterfølgende kigget på mine fødder. Der er kommet et par vabler. Jeg lader dem være til næste dag, og smører mine fødder ind i creme. Det er dejligt. Mine fødder er meget ømme. Jeg tænker på, om jeg nu også kan gå næste dag.
Lidt senere går jeg en tur, gennem byen; som ikke er særlig stor. Samtidig ser jeg på ruten ud af byen. Jeg går tilbage og kigger efter en restaurant. Der er ikke rigtig nogen. Jeg kommer til en café/bar. Her er sandelig min veninde fra Pamplona. Hun er sammen med hendes svenske mand. Jeg hilser på ham. De har lige spist et andet sted. De er bare sådan et sødt par.
Jeg går tilbage til alberguet for, at finde ud af, hvad jeg skal spise. Jeg spørger værtinden, om hun kender til nogle muligheder. Hun har nogle bestillingslister, over en restaurant og et pizzeria. Vi er flere der bestiller. Jeg får mig en pizza og noget mixed salat.
Inden maden kommer, snakker jeg med nogle forskellige. Jeg siger til den franske kvinde, at det

lyder rigtigt godt når hun synger. Hun opfordrer mig til at synge med. Jeg siger at det bliver lidt svært, da jeg sikkert ikke kender sangen, og jeg kan slet ikke synge på fransk. Men jeg kan jo bare, synge min egen sang på dansk.
Der er også et tiltalende ældre par fra Frankrig. Manden er lidt mørk og ligner en fra mellem-/Sydamerika. Han fortæller mig, at de har planlagt at flytte til Chile. De skal bare overstå Caminoen. Så rejser de tilbage til Frankrig, hvor deres datter venter en baby. Når hun så har født, vil de rejse. Han fortæller, at Chile bare er sådan et roligt folkefærd. Her er en ny dag ikke startet, før dagen er omme. De glæder sig virkeligt til, at komme af sted.
Jeg sidder udenfor, sammen med det østrigske par og spiser. De hedder Roland og Marie. Vi snakker meget om dem personligt. Jeg kan hurtigt mærke, hvor meget Marie styrer Roland. Roland lader sig styre. Sådan har Rolands far også ladet sig styre af hans mor. Marie bærer præg af hendes far, fra hendes barndom. Jeg får dem fortalt, hvor grelt jeg kan mærke det. De kan godt forstå sammenhængen. Marie fortæller flere gange, fra Rolands oplevelser, hvor han samtidig bare nikker samtykkende. På et tidspunkt afbryder jeg hende for, at lade Roland selv fortælle. Det er godt nok specielt. Men de virker til, at have det rigtig godt

sammen. Og det er jo meget vigtigt.
Samtalen får en ende. Vi bryder op og jeg går ind, for at komme i seng. Kl. er ca. 22 og det er blevet mørkt. De fleste sover nu også. Jeg får ikke set på næste etape, så det må vente til i morgen tidlig. Jeg sover igen med ørepropper. Igen bliver min søvn afbrudt, med et toilet besøg. Bagefter er det igen svært at sove.

*

7

Jeg vågner da det er ved at blive lyst. Det er mandag d. 14. april. Jeg ligger lidt og kigger på kortet over 4. etape, fra Cizur Menor til Puente La Reina på 19 km. Puente la Reina betyder Dronning over broen. Jeg vil forberede mig på, at nå dertil. Der vil være en netcafé, hvor jeg så kan aflæse post, samt sende til de forskellige. Jeg får spist lidt morgenmad og gør mig klar. Jeg får repareret mine vabler og kommer vabelplastre på. Mine fødder kommer ned i støvlerne. Det gør næsten ikke ondt, når først støvlerne er på. Jeg kommer af sted kl. 7.40.

Det er igen overskyet og lidt køligt. Skyerne strækker sig ligeså langt, som jeg kan se. Det kan tyde på, at der kommer regn senere. Jeg hilser igen morgenen velkommen, og siger godmorgen til Pia og Jonas. Jeg tænker på hvad; der vil komme til mig i dag. Jeg tænker lidt på mine oplevelser, fra i går. Jeg smiler lidt over Roland og Marie. Så kommer jeg i tanke om, den syngende franske kvinde. Det er måske en idé, at synge imens jeg går. Jamen hvad skal det så være for noget? Ja det spørger jeg mig selv om. Jeg finder ind til et svar om, at det skal omhandle noget i mig selv. Jeg begynder at nynne lidt. Herefter kommer ordene til

mig. Jeg begynder at synge om følelser i mig. Jeg sætter en lille tekst sammen, hvortil jeg finder en melodi. Jeg synger noget med: "Jeg åbner op for følelser i mig". Samtidig begynder jeg at svinge mine hænder, stille og roligt, op og ned foran mig. På denne måde arbejder jeg med, at sætte min aura på plads, at finde indre balance. Det føles rigtig godt. Jeg kan mærke en glæde komme op i mig. Jeg kan mærke min gang øges. Jeg får ekstra energi, hvorved jeg bedre kan gå til.
Jeg tænker også på oplevelsen, med Jesus i går. Jeg kan mærke i min intuition, at der vil komme flere oplevelser med Jesus, de efterfølgende dage. Men hvad, ved jeg ikke præcis. Jeg kan mærke, at det vil have noget at gøre med, at bære min byrde.
Det begynder at regne. Ikke så kraftigt, men jævnt og stabilt. Det hul i ærmet på regnjakken, irriterer noget. Vandet løber indenfor, så min langærmede trøje bliver godt våd. Jeg forsøger at justere på hullet, så vandet ikke løber direkte indenfor; men det er en stakket frist. Jeg fortsætter med at synge. Det holder mig godt i gang, i et dejligt hurtigt tempo.
Da jeg er et par km. fra Puente La Reina, henter jeg de 3 australske piger. De ser meget våde ud. Vi snakker lidt og de har det godt. De glæder sig meget til, at nå til etapens ende. Vi når sammen til Puente La Reina,

tiden siger ca. 13.30. Det føles rart, at være tidligt ved dagens mål. Her finder vi hurtigt alberguet. Det er et hyggeligt sted, hvor værten er en ældre sød mand. Han taler ikke andet end spansk. Jeg får mig dog indskrevet og samtidig et stempel i pilgrimspasset.
Jeg finder mig en seng. Det er nederst i en køjeseng. Bagefter finder jeg vejen ind i badet. Det er skønt at mærke, det dejlige varme vand. Mine fødder gør godt ondt igen. Der er kommet et par vabler mere til. Jeg får tøj på og undlader sokker, da mine fødder har brug for luft. Jeg tager sandaler på og kan godt gå rundt i dem. Jeg ser at det er blevet dejlig solskin. Her får jeg en idé om, at holde storvask. Jeg finder alt mit tøj frem. Jeg har bare ikke noget sæbe. Her er der en sød mand; som tilbyder mig noget. Jeg finder så vaskekummen, hvor jeg skrubber alt tøjet. Der kommer bare flere, som også skal vaske tøj.
Jeg går udenfor for at hænge tøjet op. Det er stadig rigtig flot solskin, fra en næsten skyfri himmel. Tøjsnorene er dækket af gennemsigtigt plastik. Jeg har ingen tøjklemmer og det blæser en del, så det er noget af en opgave, at få tøjet til at blive hængende. Mine støvler får noget papir i sig, og kommer udenfor i solen. I mellemtiden er der en del bekendte dukket op. Ham franskmanden fra Saint Jean Pied De Port, har fundet en seng ved siden af min. Min veninde fra Pamplona,

hilser jeg på. Og så er Fabrina fra Brasilien, ankommet. Hun har en anden ledsager med sig her. Han kommer fra Spanien. Jeg hilser på dem begge. Her sker der noget dejligt. Jeg henter mine Salemkort fra min rygsæk. Jeg vil give Fabrina og hendes ven hvert deres kort. Vi sætter os ved et bord. Jeg siger til dem: "Her Fabrina vælg selv et kort, ud fra bunken her i min hånd". Og sådan vælger hendes ven også et kort. Kortene er skrevet på dansk. Jeg fortæller betydningen af kortene, på engelsk. Jeg fortæller om det smukke stykke arbejde, Salemfonden gør. Fabrina spørger om det er mig; som har tegnet kortene. Her fortæller jeg lidt om Signe Sommer, bl.a. hvor smuk og dejlig et menneske hun er. De er de to første, jeg deler kort ud til.

Fabrina tager sit kamera frem. Hun vil fotografere mig. Okay siger jeg og retter lidt på mit hår. Hun fortæller, at det gør hun ved mange; som hun møder. De fortæller at de vil gå videre, og forsøge at nå til Estella, 19 km. herfra.

Den engelske kvinde dukker op igen. Hendes ringe selvværd, stråler ud fra hende. Jeg kan mærke noget med, at jeg gerne vil undgå hende. Jeg hilser på hende igen med ordene: "How are you today"? Jeg kan mærke, at jeg skal markere mine grænser, noget kraftigere.

I alberguets entre er der et kort over byen. Her er

netcaféen beskrevet, samt et supermarked. Jeg går en
tur for, at finde dem. De åbner først kl. 17. Der er et
par timer til, så jeg går tilbage og venter. Mine fødder
gør nu så ondt, at jeg må tage den ene sandal af.
Jeg finder min regnjakke frem. Jeg vil gøre noget ved
hullet. Der er en; som foreslår at jeg forærer Refugiet
den. Det syntes jeg er en dejlig god ide. Jeg finder en
venlig tolk, og går hen til den ældre søde vært. Han
bliver helt glad og rørt over dette. Han siger, at der
sikkert vil være nogen; som mangler en jakke.
Senere går jeg igen en tur, for at handle. Der er knap
en ½ time, til butikkerne åbner. I en hyggelig sidegade,
kommer jeg forbi en tøjforretning, med åben dør. Lyset
i butikken er slukket. Jeg går hen og spørger til,
hvorvidt der er åbent. Kvinden siger kom endelig
indenfor, og tænder lyset. Her kigger jeg på
regnjakker. De første tiltaler mig ikke, særligt meget.
Pludselig er den der. En flot og praktisk regnjakke, i blå
og gule farver. Den køber jeg til ca. 35 Euro.
Jeg går herefter videre, hvor jeg møder Roland og
Marie. De sidder og nyder solen, og venter på, at
supermarkedet skal åbne. De fortæller, at de har haft
en god tur. De har besøgt et kloster, på en sidevej, kort
inden Puente La Reina. Jeg får handlet godt ind, og har
dermed til aftensmad. Netcaféen ligger lige overfor
supermarkedet; så det er dejligt nemt. Jeg får læst et

par hilsener og skriver til forskellige. Kl. er nu allerede 18.30 og jeg er træt og sulten. Så det er på tide at komme tilbage. Jeg får lavet en god gang aftensmad, bestående af pasta og grøntsager.

Bagefter er jeg ude for, at se til mit vasketøj. Der er stadig en god vind. Noget af tøjet, er blæst ned. Jeg går tilbage igen og hilser på en ung franskmand; der taler godt engelsk. Han er lidt ked af sit fodtøj. Det er et ældre par sportssko. Han fortæller at der er huller i bunden. Men han syntes, at de er rigtig gode at gå i. Da jeg går ind, møder jeg Mercedes. Vi snakker lidt frem og tilbage. Jeg kan mærke på hende, at hun gerne vil i seng med mig. Jeg forbliver jordbunden og besvarer dermed ikke hendes følelser.

Jeg ringer til Pia og Jonas, hvor jeg fortæller om dagens begivenheder. Jeg har sendt en e-mail til Pia, så hun skal forsøge at åbne den. Jeg snakker også lidt med Jonas. Hvor lyder han dejlig stille og rolig, med hans søde og blide englestemme. Han spørger: "Far kommer du snart hjem"? Jeg forklarer ham, at det vil tage noget tid endnu, da jeg jo er på en lang vandretur. "Okay hej hej" siger han. Jeg snakker med Pia om, at det er dejligt, at Jonas forholder sig så roligt, i denne givne situation. Det er flot af både ham og Pia. Det giver mig en dejlig ro til, at gå Caminoen og til at løse de opgaver; som kommer til mig.

Herefter vælger jeg, at gøre mig klar til natten. Jeg lægger mig og kigger på 5. etape på 19 km, fra Puente La Reina til Estella og tror på syntes, at det skal jeg nok kunne klare. Jeg læser også lidt lektier, de spanske gloser. Jeg sover igen med ørepropper.
Jeg laver nu en afslapningsøvelse. Først laver jeg dybe vejrtrækninger. Derefter fokuserer jeg, på forskellige steder på kroppen, med start oppe fra hovedet. Ved hvert sted, siger jeg til mig selv, at jeg skal slappe af. Da jeg er nået ned til fødderne, er jeg bare så dejligt afslappet. Det føles bare rigtig godt, ovenpå sådan en dejlig vandretur. Sådan ligger jeg ca. 10 minutter. Herefter mediterer jeg, hvor jeg gennemgår dagens etape og fremkalder nogle vigtige situationer.
Buenas noches, jeg får igen en god nats søvn, inkl. tissetur.

*

8

Det er næste morgen; tirsdag d. 15. april. En uge efter at vi er rejst hjemmefra. Jeg kommer op og får noget tøj på. Mit tøj hænger stadigvæk udenfor til tørre. Jeg går ud for at hente det. Det er overskyet og ser ud til regn. Mine støvler hentede jeg ind, i aftes.
Jeg kommer indenfor, hvor jeg hilser på de forskellige. Jeg får mig noget morgenmad, hvorefter jeg gør mig færdig. I mellemtiden er det begyndt at regne. Jeg tager regnjakke på og regnslag på rygsækken. Regnbukserne forbliver pakket ned.
Jeg kommer af sted lidt over 8. Jeg hilser dagen velkommen og siger godmorgen til Pia og Jonas. Mine fødder har det udmærket, nu her i støvlerne. Mine tanker kommer ind på gårsdagens begivenheder. Hvad skal alt sammen, mon betyde for mig? Jeg begynder at synge på, det samme emne som i går. Mine tanker leder mig hen på, at jeg skal synge noget andet. Jeg prøver mig lidt frem. Jeg finder ind til, at synge om troen i mig selv: "Jeg lader troen komme frem i mig". Og "jeg tror på troen inde i mig selv".
Det er stoppet med at regne; men stadig overskyet. Ind imellem kommer solen lidt frem. På toppen af en vej, kommer der en bus, med en del tyske turister. De er

rigtig mange kan jeg se. De går i en stor flok, ned ad en bakke. Da jeg kommer til dem, råber jeg på spansk: "Hola disculpe"; som betyder hej undskyld mig. De reagerer bare ikke. De er travlt beskæftiget med, at snakke med hinanden. Jeg har god fart på og vil ikke stoppe; så jeg støder ind i nogle. Jeg føler at det er okay og går bare videre.

Det går stadig nedad, men er nu blevet en del stenet. Så her kræver det et opmærksomt øje for, hvor jeg sætter mine fødder. Jeg møder også nogle; som er på turen "Camino De Santiago". De har bedre tid til at hilse og se sig for.

"Camino De Santiago" bliver jeg spurgt ad, når jeg møder nogle lokale spanioler. Nogle spørger også videre, om jeg går hele turen til Santiago de Compostela. De spørger også hvilket udgangspunkt jeg har. Og når de hører, at jeg startede i Saint Jean Pied De Port, er de imponerede og ønsker mig en "Buen Camino" (god vandretur).

Mit pilgrimspas har plads til 40 stempler. De steder jeg overnatter, vil jeg få et. Det er dog ikke nok til at fylde hele passet ud. Jeg skal altså erhverve stempler, andre steder fra. For når jeg kommer til målet i Santiago de Compostela, er det meningen at jeg vil få mig et diplom. For at få sådan et diplom, skal alle felterne være fyldt ud med stempler.

Efter knap halvdelen af dagens etape, kommer jeg til en
lille by, ved navn Cirauqui. Her er der samlet en del
mennesker. Det er som om der er en slags byfest. Jeg
kommer til en passage, en slags port. Her er der et bord
med et stempelsæt, stående til fri afbenyttelse. Jeg
stopper her og får mig et stempel. Her kommer flere,
bl.a. Mercedes. Hun er ved at gå forbi stemplet, så jeg
fortæller hende om det. Hun stopper og får selv et. Hun
fortæller at hun er træt, og vil finde en cafe, hvor hun
kan holde en pause. Jeg er ved at gå videre. Jeg siger
til hende: "Kan du ikke bare tage en "Mercedes" og køre
i den".
Efter at have sagt det til hende, kan jeg føle noget. Det
er noget med, at jeg skal lade hende "køre" sin egen vej,
så jeg selv kan finde min vej. Hun har jo symbolsk set,
sin egen "Mercedes" at køre i.
Jeg finder igen rytmen i at synge. Jeg går i et godt
tempo, hurtigere end de fleste. Jeg henter mange, som
jeg jo så hilser på. Det er en god fornemmelse, at være
en af de første ved alberguet. Så kan jeg i ro og mag
finde mig min seng, pakke ud og få mig et dejligt varmt
bad.
Kort forinden Estella haler jeg ind på min franske ven.
Indgangen til byen er rigtig smuk. En stenbro over en
mindre flod. Da jeg kommer over den, når jeg
franskmanden. Vi finder hurtigt frem til alberguet, som

ligger et par hundrede meter længere fremme, lige over endnu en stenbro. Kl. er ca. 13.45. Der er ikke andre, så det ser ud til at vi er de første. Der er lukket og her vil først blive åbnet igen kl. 16. Jeg tænker: "Nej det kan da ikke passe". Min franske ven spørger, om jeg vil med på bar. Jeg indvilger og går med. Jeg kan mærke i mig selv, at jeg er imod forslaget; men gør ingen indvendinger. Da vi kommer ind i baren, siger jeg til ham, at jeg har fortrudt og vil gå tilbage.

Da jeg kommer tilbage til alberguet, ja gæt hvem der sidder der. Det gør den engelske kvinde, hende med megen lidt selvværd. Jeg tænker åh gud nej. Nåh men jeg hilser på hende og stiller min rygsæk fra mig. Hun fortæller mig, at hun har meget dårlige fødder. Hun har i dag ikke kunnet klare, at gå hele turen, så hun tog bussen. Hun bruger ordene: "Jeg vil bare så gerne være den første; der når frem i dag".

Okay tænker jeg, hvad gør jeg så nu. For hvis jeg bliver, går hendes ønske ikke i opfyldelse, da jeg kom før hende.

Der kommer flere som jeg hilser på. Vi snakker alle om, hvordan turen er gået. Det er startet med at regne igen. De 3 australske piger dukker også op. Dem hilser jeg også på. De snakker om at gå videre. De siger, at de godt nok er noget trætte; men hvis de ikke kan klare det, vil de vende om igen.

Det fortæller mig lidt om, at jeg også skal gå videre og følge med dem. Jeg tager rygsækken på og siger, at jeg også vil gå videre. De spørger hvor langt jeg vil gå. Jeg siger til Los Arcos, er der ca. 20 km. Så bryder den engelske kvinde ind og siger at der kun er 9 km. Men jeg ved fra kortet, at der er 20 km. til Los Arcos, som ud fra mine beskrivelser, vil være næste destination. Det siger jeg så til hende; men hun holder hårdt på, at der kun er 9 km. Okay jeg vil ikke diskutere, så jeg siger farvel og "Buen Camino".

Det er jo ikke ligefrem det jeg havde planlagt. Men sikken en lettelse det er, at komme af sted og væk fra den engelske kvinde. Det er jo min mening at komme af med hende. Jeg kan mærke i mig selv, at jeg skal sende hende lys og kærlighed, så hun kan få energi til, at tilgive sig selv, for hendes mindre selvværd og derved påtage mig den ekstra byrde det er, at gå til næste stop.

Det giver mig ekstra energi til at gå. For godt nok er jeg træt. Men når min intuition fortæller mig, hvad jeg skal gøre, og jeg gør det; bliver jeg også belønnet der for. Jeg går videre og mine tanker er stadig ved det hændte. Jeg begynder at synge igen. Hvor har jeg det dog bare dejligt, her på min vandretur i silende regn. Jeg tænker på, om jeg mon henter de australske piger. Jeg ser dem ikke nogen steder. Jeg går derudad og tænker på, om jeg dog ikke snart vil være fremme. Efter at have gået knap halvvejs, kommer jeg til en lille by, ved navn Villamayor de Monjardin. Det regner stadigt godt til. Her er der pludselig et skilt, med teksten: Albergue 50 m. Det er som om, det bare er plantet, lige foran mig ud af intet. Hvor bliver jeg dog glad og sikken lettelse. Jeg går i retningen og udenfor står en bil, med hollandske nummerplader. Nåh tænker jeg, det er måske hollændere; der bor her. Inden jeg når huset, bliver døren lukket op. Det er en venlig ældre mand, der på tysk hilser mig velkommen. Han siger, at ham og hans kone er fra Holland. Jeg siger det tænkte jeg nok, da jeg så bilen derude. Jeg får mig indskrevet og stemplet mit pas. Der vil senere blive serveret aftensmad kl. 19. Jeg siger ja tak dertil og betaler i alt 11 Euro; som omfatter overnatning, aftensmad og morgenmad.

Det er et dejligt, lille hyggeligt sted. I entreen er der en åben kamin med ild i; som andre sidder og varmer sig ved. Jeg hilser på dem og genkender en af dem. En ældre mand med fuldskæg; som jeg mødte tidligere på dagens rute. Jeg bliver henvist til et hyggeligt lille værelse med 3 senge, øverst oppe på 2. Sal. Der er en køjeseng med 2 sovepladser og en enkelt seng. Jeg vælger den enkelte, da jeg gerne vil være fri for andre, over eller under mig. Jeg pakker lidt ud og gør mig klar

til et bad. Der er koldt på værelset, så jeg går og småfryser. Jeg tænker ikke så meget over det og mærker derved ikke kulden så meget.
Da jeg kommer ned til badet, får jeg fortalt, at det er småt med det varme vand. Okay tænker jeg for, at accepterede situationen og derved gøre det nemmere for mig. Jeg kommer i badet. Det er sandt nok, at det ikke er varmt. Da jeg fryser i forvejen, fryser jeg bare endnu mere, da jeg kommer under vandet. Så jeg får mig en hurtig bruser.
Det er som om, det er lidt råkoldt, i hele huset. Jeg føler at jeg spænder musklerne for, at holde det ud. Det hjælper lidt, da jeg kommer i tøjet. Jeg sætter mig nedenunder til de andre, hvor jeg kan hænge det våde tøj til tørre, på et lille stativ.
Jeg snakker med et tysk par. De fortæller at de vandrer en del. Manden har en metertæller på sig, når han går. Den skal indstilles med en skridtlængde. Det kan aldrig blive helt nøjagtig, da det jo er et meget kuperet terræn. Hans skridtlængde vil altid være meget vekslende. Jeg tænker, hvad vil han så med sådan en, når den ikke viser noget, han kan stole på.
Værten kalder mig op på værelset. Der er kommet en ældre dame; som er meget træt, især i benene. Jeg bytter seng med hende, da hun ellers skal have den øverste, i køjesengen. Jeg hilser på mine 2 bofæller.

Hun hedder Annie og kommer fra Frankrig. Den anden er den ældre mand med skæg; som jeg hilste på da jeg ankom. Han hedder Chris og kommer fra Canada. Annie snakker meget lidt engelsk, foruden sit franske.
Jeg kommer nedenunder igen. De australske piger er ankommet. Jeg spørger dem, hvordan turen er gået. Jeg troede de var vendt om, da jeg ikke mødte dem på vejen hertil. De siger, at de fik lidt varmt at drikke, på en cafe, inden de var kommet helt ud af Estella.
Kl. bliver 19 og det er tid til noget at spise. Jeg finder en dejlig plads. Huset har plads til 26 overnattende. Vi er 24 til bords og det er alle; som er her. Jeg får mig en 3 retters menu, med vand og vin til.
Efter maden går jeg en tur udenfor. Her har jeg en ubehagelig oplevelse. Naboen til stedet har i sin kælder, indespærret en hund. Det er en slags gadekryds, stor og kraftig. Den ser bare så ulykkelig og ked ud af det. Den piber en hyletone hele tiden. Jeg snakker lidt med den og spørger, hvordan et menneske dog kan få sig selv til, at gøre sådan noget. Det er virkelig uhyggeligt. Jeg har bare sådan en lyst, til at lukke hunden ud. Jeg spørger værten, om han kender til situationen, og om man ikke kan gøre noget. Han skyder det ligesom lidt hen, og siger, at her i Spanien, hører de ikke på en, i sådan en sag.
Jeg får en gave af værten. En lille bog, med nogle vers

fra Johannes evangeliet, omhandlende apostlen Jakob. Samt en lille pose, med en minisaks, nål & tråd, sikkerhedsnåle og en lille negleklipper. Jeg kan mærke på dem, at de så gerne vil sprede glæde. Samtidig kan jeg mærke, en mindre selvtillid, udstrålende fra værten.
Jeg har fundet nogle Salemkort frem. Jeg vil give, de australske piger et hver. Jeg fanger dem, inden jeg går op. De trækker hver deres. Jeg giver dem en forklaring, på betydningen af kortene og at de kan prøve, at lægge dem under hovedpuden, når de sover. De er meget glade for dem. Betydningen af disse kort, er af en meget stor værdi. Det kommer helt an på, hvor meget, man tror på sig selv.
Jeg går op og gør mig klar, til at komme i seng. Imens jeg ligger i sengen, tænker jeg over dagens hændelser. Det at den engelske kvinde sagde, at der kun ville være 9 km. til Los Arcos; skal fortolkes på en anden måde. Det viser sig, at der er ca. 9 km til Villamayor de Monjardin. Jeg vælger at forstå det sådan, at hun mente, at der kun er 9 km, til næste albergue.
Jeg føler en stor lettelse, over det jeg har gjort i dag. For ikke alene er jeg sluppet fri, for den engelske kvinde; men også fra mange andre. Ikke mindst Mercedes. Jeg skal væk fra dem, for bedre at arbejde med mig selv, og derved bedre give slip, på mine

seksuelle illusioner. Jeg føler også, at der er noget andet ved de kort, når jeg deler dem ud. Men hvad, er jeg endnu ikke helt klar over.

Jeg kigger lidt på morgendagens 6. etape. Jeg har jo startet lidt på 6. etape. Nu er der jo kun ca. 12 km til Los Arcos. Jeg kigger også på 7. etape, for at se hvad muligheder jeg har. 7. etape ender i Viana 18,5 km efter Los Arcos, i alt en vandretur på godt 30 km. Der er andre steder at stoppe. Bl.a. Sansol og Torres del Rio, ca. 8 km. før Viana. Jeg bestemmer mig for, at jeg her ud fra har nogle muligheder og lader det komme an på i morgen.

Jeg laver igen en afslapningsøvelse, med efterfølgende meditation. Herefter er jeg bare dejligt afslappet. Jeg sover igen med ørepropper. Min nat bliver atter afbrudt af en tissetur. Puha det er noget koldt at komme ned på toilettet, fra en dejlig varm sovepose.

*

9

Jeg var vågen flere gange og alligevel er jeg meget frisk, her til morgen. Annie og Chris er allerede oppe. Jeg går nedenunder for, at hente mit tøj. Noget af det er ikke helt tørt. Jeg tager det med op; som jeg i første omgang skal have på. Jeg får pakket min rygsæk. Rullet min sovepose sammen og spænder den fast til rygsækken. Jeg kommer nedenunder igen. Jeg venter til efter morgenmaden, med at tage strømper og støvler på. Da jeg kommer ind til morgenbordet, er de fleste allerede i gang eller færdige med at spise.
Jeg siger farvel til de søde og rare værter. Jeg skal så nu, have de fugtige strømper på. Først de syntetiske og uden over et par uldsokker. De er alligevel rare at have på, efter at støvlerne er kommet på.
Annie og Chris er kommet af sted ca. $\frac{1}{2}$ time før mig. De australske piger går ca. 5 min. før mig. Jeg kommer selv af sted kl. 7.50, ud i den friske luft. Det er let overskyet med huller i, så jeg kan se den blå himmel, forskellige steder. Det er i dag onsdag d. 16. april. Jeg hilser den velkommen og siger god morgen til mine to hjemme i Danmark. Det er en dejlig fornemmelse, bare sådan gå af sted og vide at de følger mig her på min vej. Jeg er ikke gået særligt meget, da jeg henter de

australske piger. Den ene har et dårligt ben og ømmer sig lidt. De siger at de er okay, og bare lige skal sunde sig, før de går videre. Jeg siger farvel og Buen Camino. Spanien er opdelt i flere Regioner. Det jeg er startet i og som jeg stadig går i, hedder Navarra. Der vil gå et par dage mere, til jeg når den næste Region, La Rioja. Mens jeg går, tænker jeg på de mennesker jeg har mødt. Jeg er kommet fra dem; som jeg er startet med, samt dem jeg har mødt, på de forskellige alberguer. Jeg tænker også på om, jeg skal blive ved med, at holde en afstand til dem. Jeg føler at det er en af mine opgaver. Jeg føler også at jeg skal lave, en større afstand til de australske piger. Er det mon derfor de fik et kort hver? Jeg føler at det har en betydning. Er det mon derfor pigen, har fået smerter i det ene ben?
Jeg tænker på den danske kvinde. Bare jeg ikke kommer til at møde hende igen, ja uha da. Mine tanker går også til Fabrina og hendes ven. Hvor langt mon de er nået? Jeg finder igen frem til at synge. I dag handler det om kærlighed. Jeg skal finde frem til, min kærlighed i mig selv, på den måde, som jeg ønsker at give den videre. Jeg synger: "Kærligheden finder jeg frem i mig, ja". Jeg finder en god rytme i at gå. Mine tanker kommer ind på gårsdagens oplevelser. Jeg er godt nok stolt af mig selv, sådan som jeg klarede de situationer, jeg var ude for. Det at jeg gør som min intuition fortæller mig,

giver mig sådan en dejlig ro og frihed, til bedre at finde ind i mig selv; sådan at jeg får svar, på flere ting. Ting som jeg fra længere tid siden søgte svar på, kommer nu til mig, da jeg er blevet klar til at forstå dem.
Det holder tørvejr. Solen kommer frem ind imellem og varmer lidt. Jeg hænger noget af mit våde tøj fast, med sikkerhedsnåle på rygsækken, så det kan tørre imens jeg går. Jeg går meget på stier, uden fast underlag. Der er mange vandpytter, og det er samtidig meget mudret. Jeg ser at flere går fra side til side for, at træde hvor det er mest tørt. Jeg vil gøre dette på en nemmere måde. Det forstyrrer min vandren, når jeg er fokuseret på en ting, længere tid af gangen. Det er meget vigtigt for mig, at holde fokus på sådan en måde, hvorved jeg bedre kan arbejde med mig selv, imens jeg vandrer. Det er det, som er en vigtig brik, i den opgave jeg har med i, at vandre Caminoen.
Når jeg går, holder jeg gerne blikket nedadrettet, for at være så meget som muligt, i mig selv. Herved er det nemmere, at være i mine følelser og mærke efter, hvad de fortæller mig. Jeg tror i mig selv på, at jeg vil finde et udmærket sted, at sætte mine fødder. Når jeg når til et mere vådt område, vil jeg fornemme det. Her løfter jeg blikket og søger udenom. Det giver mig bare sådan, en dejlig ro og energi, ved ikke hele tiden at skal kigge op. Samtidigt giver det mig muligheden for, at

holde et mere jævnt tempo. Jeg forbliver ved med, at gå i den ene side af stien.
Jeg kommer til Los Arcos, godt hen på formiddagen. Det er ikke nogen stor by; men et hyggeligt flot sted. Jeg finder alberguet, hvor jeg får et stempel. Solen skinner flot, fra en mindre beskyet himmel. Jeg holder en pause her, hvor jeg får lidt at spise og drikke. Der er en del mennesker ved alberguet; som enten pauserer eller starter på deres dags etape. Jeg hilser på de forskellige. Jeg ser at Mercedes' veninde ankommer og hilser på hende. Jeg tænker på at komme videre, da jeg gerne vil undgå flere af de andre, og især Mercedes. Jeg kommer afsted igen. Jeg tænker på, at måske er Fabrina startet her fra, tidligere i dag. Muligheden er til stede for, at møde hende længere fremme. Jeg finder ind i en god rytme. Jeg fortsætter med at synge. Jeg skifter i teksten. Fra at synge kun om kærligheden, får jeg sangen til at omhandle de sidste dages tekster; tro, følelser og kærlighed: "Tro åbner op for følelser, følelser i mig; følelser åbner op for kærlighed, kærlighed i mig; kærlighed åbner op for troen, troen i mig". Det var bare dejligt, at finde denne tekst frem. Det giver mig et ekstra skub af energi.
Jeg kan mærke, at jeg har gode ben i dag, til at gå ruten. Min plan er at nå til Viana. En større by; men ikke nogen storby.

Mens jeg følger min sangs rytme, vandrer jeg på samme bestemte måde. Landskabet er blevet mere fladt; men stadigt noget kuperet. Jeg er kommet væk fra Pyrenæerne og bjergområdet er derfor blevet mindre. Dyr er der også nogle forskellige af. På førstedagen så jeg et par Gribbe, svæve rundt omkring. Der var flere forskellige fugle; som er sjældne i Danmark eller helt ukendte. Der viser sig, at være mange Ravne og Krager, et par flotte sorte fugle. Der er også mange Storke. Op til grupper med 6-8 stykker. Hvis jeg ikke lige får øje på dem, hører jeg dem ved at deres næb snapper.
Jeg kommer til både Sansol og Torres del Rio, hvor der begge steder er alberguer. Jeg tænker på de australske piger. De snakkede om at stoppe i Torres del Rio. Jeg går videre, da jeg har det fint til at fortsætte. Jeg ankommer til Viana og skal så finde alberguet. Jeg spørger om vej. Der er lidt vejarbejde, hvor jeg går forkert. Jeg går tilbage hvor jeg møder Annie. Vi finder sammen frem til alberguet. Kl. er nu ca. 15. Det er en stor bygning, med plads til godt 50 gæster. Jeg får mig indskrevet og stemplet mit pas. Mine støvler skal jeg stille i et forrum, for at undgå at slæbe jord med ind. Ved siden af entreen, er der en stor spisesal, med tilhørende køkken. Jeg går op ad en trappe til 1. sal. Her er flere sale med 3-fløjet køjesenge, hvor jeg finder et godt sted nederst.

Jeg får mig et dejligt varmt bad. Det er bare så skønt, at mærke vandet skylle ned, over hele min godt brugte krop. Da jeg kommer ind til sengen igen, hilser jeg på en kending. Det er Chris; som ligger i en seng ved siden af min. Vi snakker om hvordan det går.

Der er balkondøre ud til vejen. Der er dog ingen balkon; kun et lille gelænder; som jeg bruger til at hænge mit våde tøj på.

Jeg går en tur ud bag huset, hvor der er en slags park. Jeg går helt ud til en slags borgmur, hvor der er en flot udsigt, ud over noget af byen og længere ud på landet. Her sætter jeg mig for at slappe af. Jeg ringer hjem til Pia og Jonas, ligesom for at hilse på dem.

Jeg går en tur ned i byen for, at handle ind til aftensmaden. Jeg kommer tilbage til alberguet, hvor jeg lægger mig og slapper lidt af. Jeg bruger tiden på, at gennemgå dagens etape. Jeg har på 6. dagen afsluttet 7. etape, afsluttet region Navarra og startet på La Rioja. De sidste 2 dage har jeg gået 3 etaper. Dagens etape er med sine 31 km, den længste jeg til nu har gået. Jeg lægger også et mindre pres på mig, ved at jeg i mine tanker, gerne vil holde mig foran dem, jeg tidligere har mødt. Jeg kan mærke, at jeg må yde noget for, at det kan lade sig gøre.

Jeg tager mine madvarer med i køkkenet, for at lave mad. Her er der allerede 3 personer. Det er Annie,

Chris og en kvinde fra Tyskland. Jeg får lavet mig en dejlig ret og sætter mig til bords. Den tyske kvinde spørger til hvor gammel jeg er. Hun siger at hun vil skyde mig til, at være et par år yngre end hendes venindes søn. Da hun siger at sønnen er ca. 27-28 år, bliver jeg måske en lille smule smigret. Jeg smiler og tænker på at hun mener, at jeg skal være ca. 25 år. Det må jeg nok sige, at gætte 15 år under min alder. Jeg har godt nok et flot langt hår samt et fuldskæg. Jeg tror på, at man selv har en meget stor indflydelse på, hvordan ens udstråling er. Alt efter hvor meget, man ønsker at gøre for sig selv, så man har det bedst muligt. Caminoen har sikkert også noget at sige. Hun spørger mig så, om jeg kan gætte hendes alder. Jeg tænker på omkring Pias alder, måske lidt yngre. Jeg siger 42 år, og her bliver hun smigret. Hun er ca. 50 år, og klarer sig godt af hendes alder. Som jeg selv tror på, har alder ingen tal. Vi mennesker har fundet på det med alderstal, for at have noget objektivt, at holde os til. Vores alder afhænger af, hvordan vi føler os inden i os selv. Som menneske bliver vi i gennemsnit ca. 70 år. Igen et tal til statistikken. Nogen dør yngre og andre ældre. Vores sjæle i os, har ingen alder. For i himlen er tid og tal kosmisk. Selv et lille barn har en sjæl, som er på lige fod med en voksens.

Jeg går ovenpå igen og der er kommet flere til. Jeg

hilser på nogen, bl.a. en ung kvinde fra Spanien; som ligger i sengen over mig. Chris er ikke ved sin seng. Jeg overvejer at give ham et kort. Jeg kan mærke, at jeg ikke skal lade ham selv vælge. Jeg skal heller ikke snakke med ham, og forklare ham noget omkring kortet. Han har en bog liggende på sengen. Her lægger jeg det udvalgte kort, som han så finder, når han kommer igen. Jeg gør mig færdig med toiletbesøg og børste tænder. Da jeg kommer tilbage, henvender jeg mig til den unge spanske kvinde. Hun lyder til at være noget frustreret, og ikke så meget jordbunden. Jeg lader hende vælge et kort. Jeg forklarer hende kortets betydning, og vi sludrer lidt frem og tilbage. Det er altid specielt for mig, at fortælle om kortets betydning og baggrund. At Signe Sommer Madsen har stiftet Salemfonden i 1992. At fonden er blevet en ikke erhvervsdrivende fond, så alle bidrag går ubeskåret til hjælpende formål. At Signe selv er en smuk gammel dame; der har tegnet disse smukke kort. For mig betyder sammenhængen i disse kort virkelig meget. De har hjulpet mig på vej til, at åbne op for udviklingen i mig selv. Et af kortene har titlen "Ny tids tankekraft". Ny tids tankekraft er ikke kun en titel. Det er en tænkemåde, vi mennesker skal til at forholde os til, da det er vejen frem i livet; din egen, sandhed. Det er målet for os, at gøre det til vores livsform. Der findes ikke nogle faste regler, omkring

hvordan det fungerer. Kun at det har udgangspunkter i tro, følelser og kærlighed. Ved at leve efter dette, finder vi hver især frem til, i os selv, at leve livet på den måde; som vi har brug for. Og vi kan kalde det, lige hvad vi har lyst til; da det kommer ud på et. Kærlighed!
Jeg kigger på 7. dags etape; som er kortenes 8. etape. Der er 21 km fra Viana til Navarrete. Der er yderligere 14 km. fra Navarrete til Nájera, som omfatter 9. etape. Jeg kigger på hvad muligheder; der vil være imellem. Der er Ventosa en lille landsby, ca. 27 km efter Viana. Det er forskellige muligheder, som jeg vil lade komme an på i morgen. Jeg har jo gået 31 km i dag, så muligheden for 35 km, er meget gode. Og så er der det med, at jeg skal holde afstand til dem bag mig. Jeg er også spændt på, hvad dagen i morgen vil vise mig, med hensyn til min forbindelse med Jesus.
Mine fødder er meget pressede sammen, efter endnu en dags vandring. Når jeg ligger og slapper af, mærker jeg det som en slags dunken, under fødderne. Jeg lader flere gange fødderne, komme udenfor soveposen for, at lempe på trykket og give dem luft. Jeg laver igen min afslapningsøvelse. Det lader mine muskler falde til ro. Jeg mediterer hvor jeg lader dagens hændelser, komme igennem mig.

*

10

Jeg vågner næste morgen, igen frisk og dejlig udhvilet. Det er torsdag d. 17. april, altså Skærtorsdag. Det er dagen for den sidste nadver og Jesus tilfangetagelse. Jeg hilser på de forskellige. Chris og Annie er oppe og næsten klar til afgang.
Jeg gør mig frisk og tager mit vandretøj på. I starten brugte jeg et par sorte cowboybukser. De er blevet mig for tunge at gå med. Jeg bruger nu mine langbenede løbetights. De er meget bedre at have på og varme nok. Er det tørvejr har jeg mine shorts udenpå, da de har nogle praktiske lommer. Jeg bærer en svedtransporterende T-shirt, under en langærmet sweatshirt. Yderst her har jeg en vest, med mange lommer. I lommerne har jeg mit Pilgrimspas og pung sammen. Jeg har hasselnødder til at nippe af. Jeg har også chokolade og noget frugt, gerne et æble eller en appelsin, samt mit ur og digitalfotoapparat i en af lommerne. I vestens ene brystlomme, bærer jeg den sten jeg fik af min søn Jonas, lige over mit hjerte. Mine fødder, lader jeg altid smøre ind i en god fodcreme, mindst to gange om aftenen. Jeg punkterer nye ankomne vabler og dræner dem for væske. Herefter gør jeg ikke mere ved dem, før end om

morgenen, da de har brug for så meget luft som muligt. Efter morgenmaden er det tid for morgenfodpleje. Jeg tilser mine vabler; som er blevet til en del. De får vabelplaster på. Ovenpå vabelplasteret, kommer jeg som regel almindeligt plaster på, for ikke at de skal hænge fast i mine strømper.

Chris og Annie er kommet af sted. Jeg selv starter kl. 8, med et farvel og Buen Camino til de resterende. Igen hilser jeg morgenen og mine to, Pia og Jonas velkommen. Mine tanker flakker lidt rundt, her i starten. Jeg synger lidt godmorgensang for Pia og Jonas. Det giver mig lidt ekstra energi og gør mig glad. Senere finder jeg ind til at synge, den samme sang fra i går, omhandlende tro, følelser og kærlighed.

Mine tanker kommer ind på gårsdagens oplevelser. Jeg morer mig lidt over mig selv, hvordan jeg har tacklet mine situationer. Jeg har ikke mødt de australske piger. Mon det er sådan, at jeg ikke skal se dem igen? Jeg har en fornemmelse om, at kortene virkelig betyder, noget i denne sammenhæng.

Det inspirerer mig så meget, med de ting der foregår omkring mig. Jeg tror mere og mere på, det min intuition fortæller mig; selvom det mange gange, lyder til at være langt ude. Det er her, jeg får energien fra, til at jeg kan vandre, i mit høje tempo. Det jeg oplever ved at gøre og forstå situationernes betydning, på den måde jeg omtaler dem, bekræfter hvor sandt det hele er. Jeg behøver ingen yderligere forklaring om emnet, da det for mig er tilstrækkeligt med et svar, som ikke altid er objektivt. Det handler om at tro på, at meningen med det hele er kærlighed.

Jeg nærmer mig byen Logro'no. Jeg kommer til et langt trådhegn. Her er der lavet noget specielt. På hegnet er der opsat, af forbipasserende Pilgrimme, små trækors lavet af grene. Jeg finder et par grene og laver mit eget lille kors.

Jeg går videre. Her ser jeg Annie og Chris stå ved et bord og snakke med en ældre spansk kvinde. Jeg stopper for at se hvad der sker og hilser på dem.

Kvinden står med en slags bod og sælger stempel til passet, for et par Euro. Oven i købet får man så en frisk figen at spise. Jeg får et stempel og betaler uden at få en figen, en lille gave til hende.
Jeg går videre og kommer ind i byen. Afmærkningerne i større byer, er ikke så tydelige. Samtidig bryder jeg mig ikke om, at gå igennem dem, da der som regel er meget trafik og støj. Det er også svært, at holde sangen i mig i gang.
Jeg kommer igennem uden at gå forkert. Jeg finder igen rytmen, ved at synge. Mine tanker kommer ind på Jesus. Jeg kan mærke at dagens betydning, gør indtryk på mig. Det er som om, jeg føler en ekstra byrde ved, at gå på denne dag. Jeg tænker på, om hvad jeg så vil føle, næste dag hvor det er Langfredag. Her bærer Jesus selv korset ud til, hvor han blev korsfæstet. Jeg føler at jeg skal påtage mig en byrde, i symbolsk forståelse, at bære korset hele dagen.
Vejret er nu blevet dejligt, med solskin fra en næsten skyfri himmel. Det er rigeligt varmt, specielt i solen. Jeg ankommer til Navarrete; som er endestation på 8. etape. Det er en flot by med gamle bygninger. Jeg finder alberguet. Her er lukket og åbner først kl. 15. Kl. er nu 12, så jeg vælger at spise lidt. Ved siden af alberguet er der en cafe. Jeg går derhen for at få en sodavand. Her møder jeg nogle gamle kendinge. Det er

det ældre tyske par i Tyrolertøj; som jeg mødte da Pia, Jonas og mig kørte i tog fra Bayonne til Saint Jean Pied De Port. De spørger til Pia og Jonas. Jeg fortæller dem kort historien.
Jeg sætter mig i skyggen, for at køle lidt af. Jeg tager mine støvler af, så fødderne kan få lidt luft. Det ældre tyske par kommer og snakker lidt, hvorefter de går videre. Da jeg er færdig med at spise, ser jeg Chris ankomme alene. Jeg går ned til ham. Han spørger om jeg har set Annie. Da jeg ikke har, vil han vente på hende. Chris er en som går godt til, med et godt jævnt tempo. Jeg går tilbage og tager rygsækken på igen. Jeg siger farvel til Chris og nogle andre; som sidder uden for cafeen.
Jeg kommer hurtigt ud på landet igen. Her følger jeg en mindre asfalteret vej. Jeg finder sangen frem igen og rytmen i at gå. Der går ikke lang tid, så henter jeg det ældre tyske par. Jeg stopper lidt ved dem og snakker, hvor manden videofilmer konen og mig sammen.
Jeg forlader dem for, at komme videre. Skærtorsdag er ikke så mærkbar som jeg først troede. Måske hænger det sammen med, at jeg føler mig godt tilpas. Jeg er spændt på, hvorvidt jeg kan holde Chris bag mig. De sidste to dage er han kommet før mig til alberguet. Bliver han ved med at gå sammen med Annie, er muligheden ret god, at ikke det sker igen.

Jeg kommer til Nájeras bygrænse. Her vil det så være spændende, om jeg kan finde tegnene ind til alberguet. I starten er det meget nemt. Da jeg kommer tættere på centrum, bliver det mere kompakt og samtidigt sværere at finde tegnene. Så sker det, at tegnene er ikke til at finde. Jeg må altså spørge om vej. Der er nogle unge spanske fyre: "Hola disculpe la albergue del Peregrino". Jeg forstår på dem, at jeg bare skal følge dem. De viser mig en helt anden vej, end hen til hvor anmærkningerne er. Jeg tvivler lidt på dem; men de siger at jeg bare skal følge dem. Så det gør jeg. Efter kort tid, fortæller de mig resten af vejen. "Bare lige ud, så til højre og derefter til venstre igen, så vil du komme lige til alberguet". Jeg takker dem mange gange. Hvor er det dejligt, at møde sådan søde mennesker, med denne åbenhed. Jeg føler en glæde sprede i mig, hvor følelserne kommer frem i mig. Hvor er det en gave, at være ydmyg og taknemmelig.

Jeg finder hurtigt frem til alberguet, som ligger ved siden af en stor flot kirke. Kl. er 16. Jeg har været af sted i ca. 8 timer. Det er et rimeligt stort sted, med plads til 60 gæster. Jeg sætter mig til bords ved værten. Han indskriver mig og stempler mit pas. Han siger så, at jeg er en heldig fyr, da jeg får den sidste ledige seng; der er tilbage. Okay det er da dejligt. Han viser mig hen til sengen. Den ligger ret godt, som er et

mindre sted. Kort efter møder jeg Dimas. Vi er glade
for at se hinanden. Jeg spørger om han har fået en
seng. Det har han ikke, da gående har førsteret til en
soveplads, frem for cyklende.
Kort efter kommer Chris og Annie til stedet. De
kommer for sent til, at få sig en seng. Jeg hilser på
dem, hvor de fortæller mig at de vil gå videre. Jeg
tænker over at det egentlig er meget pudsigt. I
Villamayor de Monjardin og Viana er Chris begge gange,
kommet før mig til alberguet. I dag kommer jeg før
ham, hvor jeg så får den sidste plads. Han kommer med
et lille træk på smilebåndet, da jeg fortæller ham det.
Jeg kan mærke på ham, at han ærgrer sig.
Der kommer mange flere; som heller ikke får en
soveplads. De bliver henvist til andre steder. Bl.a. i
kirken ved siden af. Der kommer tre tyske kvinder, en
mor med to døtre. Den yngste har et meget dårligt ben,
som jeg snakker lidt med.
Jeg får mig et bad, som er på den hurtige måde, da det
ikke er særligt lunt. Men det er alligevel skønt at få mig
skyllet.
Jeg går mig en tur, for at handle ind. Jeg skal gå et
godt stykke, for at finde et supermarked. På vejen
møder jeg det ældre tyske par; der er på vej til
alberguet. Jeg fortæller dem om situationen på stedet.
De vil gå derhen for at se på sagerne. Jeg finder en

slagter, hvor jeg køber noget kyllingekød. Jeg har stadig lidt grøntsager i min samling. Jeg går tilbage til alberguet, for at lave mig noget mad. I den store ankomsthal, er der flere borde. Her sætter jeg mig sammen med Dimas, for at spise. Han kigger i gæstebogen. Efter maden kigger jeg også i den. Den går over et år tilbage. Der er mange; som har skrevet i den. Flere af dem er danskere. En spansk dreng kommer og kommenterer, en flot tegning i bogen. Han snakker et flot engelsk. Han er omkring 10 år og er på vandring med sin familie. Han er meget sød og ligetil, han bliver lidt og snakker med os.

Jeg er færdig med at spise og går ud i køkkenet og vasker op. Bagefter tager jeg et æble, der er stillet an på bordene i forskellige skåle. Jeg går udenfor for, at nyde den friske luft. Her er der nogle fyre samlet omkring en motorcykel. Den ene sidder og speeder op. Jeg står og kigger på dem og hygger mig ved situationen. Der er en som ser mig og hilser. Jeg hilser igen. Jeg tager mobilen frem, det er på tide at snakke lidt dansk. Det er dejligt at høre dem. De har det godt og savner mig heldigvis. Jeg fortæller Pia, at jeg skal hilse fra det ældre tyske par.

Kl. er omkring 20.30, så jeg belaver mig på at komme i seng. Der er mange; som sover nede i den store forhal. De snakker og morer sig lidt højlydt. Jeg kigger på

dagens etape og laver mine notater. Jeg er godt tilfreds med mig selv. Jeg har gået fra Viana, en strækning på 35 km. Værten sagde, at jeg er den første ankomne; der er gået helt fra Viana. Der er så kommet flere til efter mig, bl.a. Annie og Chris.
Jeg kigger på morgendagens etape. Kortets 10., min 8. etape. Der er ca. 21 km til Santo Domingo de La Calzada. Jeg har efterhånden fået gode ben, så jeg ved at jeg kan gå længere i morgen. Der vil være Grañón, efter ca.27 km., Redecilla del Camino efter ca. 32 km og Belorado efter ca. 43 km. Belorado ville nok være for langt at gå. Så jeg lader valget stå mellem Grañón og Redecilla del Camino.
Jeg vælger at have ørepropper i igen. Som de foregående nætter vågner jeg igen, for at tisse og har igen svært ved at sove.

*

11

Da jeg vågner ved kl. 6, er der allerede god gang i den. Jeg bliver liggende lidt for, at se dem som render omkring. Jeg har nu gået i en hel uge. I dag er det Langfredag d. 18. april. Uha tænker jeg. Det bliver måske en streng dag. Langfredag symboliserer for Jesus korsfæstelse.
Jeg kommer op og vasker mig. Jeg hilser på Dimas; som stadig ligger på sit liggeunderlag, i den store forhal. Jeg får mit vandretøj på, pakker tingene sammen og går ned for at spise. Jeg går ud i forhallen for, at gøre mig klar til afgang. Her hilser jeg på forskellige, bl.a. den lille dreng fra i går. Han er på vej ud af døren, da jeg lige fanger ham. Jeg viser ham Salemkortene og siger, at han må vælge et. Han kigger først spørgende op på mig og smiler så. Han tager et; jeg siger at han må beholde det. Han bliver meget glad og siger at det er flot. Jeg fortæller ham lidt om, hvad det betyder, hvorefter han går ud.
Jeg gør mine fødder klar, med diverse plastre. De er igen klar til en dags vandring. På med støvlerne og af sted. Byen ligger for foden af et bjerg. Langs med klipperne over husene, kan jeg se Storkene svæve rundt. Ud af byen er det fladt, hvorefter det går stejlt

opad. Længere fremme kan jeg se drengen og hans familie. Da jeg overhaler dem vinker drengen og jeg til hinanden. Der er mange på vej, så jeg tænker bare på at gå hurtig, for at komme foran dem alle sammen; netop for at komme til, at gå alene.

Jeg siger godmorgen til dagen samt Pia og Jonas. Jeg synger igen en morgensang til mine to der hjemme. Jeg finder en god rytme i at gå og starter på en anden sang, Vejret er dejligt, ikke varmt men overskyet. Inden for en time har jeg passeret en del, hvorefter jeg igen vandrer alene.

Kortet viser igen at ruten deler sig i to. Jeg vælger at følge den del; som er mest omtalt og derfor henfører til selve Caminoen. Den er noget længere. Jeg kan mærke i min intuition, at jeg skal holde mig til denne rute og gå hele turen, da det er min opgave. Jeg kommer til delingen; men her er igen ikke skiltet herom. Godt middag ankommer jeg til Santo Domingo De La Calzada. Jeg har det godt i fødder og sind. Mine skuldre er stadig ømme, af at bære på rygsækken. Jeg pauserer ikke i byen, da jeg ikke finder så megen ro her. Jeg koncentrerer mig om at følge tegnene; som her i byerne er meget svære at følge. Det skyldes at der er en del trafik, af biler, cykler og fodgængere. Det lykkes mig at komme igennem, uden at gå forkert. Jeg kommer over floden Rio Oja. Kort herefter holder jeg

pause, for at spise lidt.
Jeg kommer til et specielt sted. Her er bygget rigtig mange varder. Jeg møder nogle forskellige mennesker, jeg hilser på og snakker lidt om Caminoen med.
Da jeg kommer til en lille by Grañón, er der en begravelse. Kirkegården ligger ca. 500m. uden for byen. Her er der samlet rigtigt mange mennesker. De begynder at gå ind mod Grañón, i et meget langsomt tempo. Jeg passerer dem og hilser på nogen af dem. Herfra er der ca. 4 km. til Redecilla Del Camino, hvor der er et albergue. Jeg regner med at stoppe her, da der yderligere er 12 km. til næste albergue i Belorado. Jeg krydser grænsen mellem La Rioja og Castilla y León regionerne. Kort efter kommer jeg til Redecilla Del Camino. Det er en hyggelig lille by, hvor jeg hurtigt finder alberguet. Det er ovenpå en cafe/bar. Kl. er ca. 14.30. Værten er en sød ung kvinde. Hun indskriver mig og stempler mit Pilgrimspas. Hun fortæller at det er frivilligt, at betale noget for overnatning. Her bor jeg for første gang et sted, uden at betale noget.
Jeg går ovenpå og finder mig en seng. Det er et lille sted med 22 senge, fordelt i to rum. Jeg pakker ud og går i bad. Det er igen med dejlig varmt vand. Bagefter vasker jeg noget tøj og hænger det udenfor. Det er i en lille baggård uden overdække.
Da jeg kommer ind igen er der ankommet nogle

bekendte. Det er det irske par Gemma og Gerry samt Dimas. Dimas ligger og sover. Jeg snakker lidt med Gemma og Gerry. De fortæller, at de går en afkortet tur af Caminoen. De skal tilbage til Nordirland næste tirsdag. Så de vil ikke nå frem til Santiago De Compostela. Gemma har skøre knogler bl.a. i den ene fod. Der er indopereret flere erstatningsknogler, for at hun kan gå. Hun fortæller at den ene storetås mellemled mangler; men at det alligevel er hende muligt, at holde balancen når hun går. Hun fortæller, at det kan gøre meget ondt og at hun flere gange, må holde et moderat tempo. Gerry er noget af en bjergbestiger. Han har været flere steder i Norge og bl.a. besteget Galdhøgpiggen, Norges højeste punkt.

Jeg kan bare så godt lide de to mennesker. De er så søde at snakke med. De er så stille og rolige i sig selv og over for hinanden. De passer bare så dejligt sammen. Jeg finder Salemkortene frem, hvor de vælger et hvert. De bliver bare så glade og taknemmelige for dem. De er helt henrykte over betydningen af kortene.

Dimas vågner, vi hilser på hinanden og snakker også sammen. Han snakker lidt engelsk. Så med hjælp af tegn og forskellige slags sprog, kan vi forstå hinanden. Jeg fortæller ham om min familie og viser ham billeder af Pia og Jonas. Han vælger også et Salemkort. Han bliver meget glad for det og syntes at det bare er så smukt.

Han vil også give mig noget. Det er et smukt bogmærke;
som han har lavet selv. Jeg kan mærke at det betyder
meget for ham og jeg er bare så glad for det.
Jeg laver noget mad i et lille køkken. Dimas er der også,
og der er lige plads til to på samme tid. Vi spiser
sammen. Bagefter går jeg en tur. Her møder jeg en del
af befolkningen. Der er mange børn; som render rundt
og leger. Der er en større plads, med et stort
cirkelformet bassin fyldt med vand. Her sparker nogle
drenge bold til hinanden, fra hver sin side hen over
bassinet. Bolden havner flere gange i vandet; men det
lykkes dem hver gang, at få fat på den igen. Jeg sætter
mig på en bænk og slapper af. Jeg ringer til Pia og
Jonas. De har det godt. Vi snakker om dagens
oplevelser. Det er igen dejligt, at snakke med Pia, om de
ting, der sker i mig, i forbindelse med denne vandring.
Hun har sådan en fantastisk forståelse, så jeg får mig
selv konstateret gennem hende.
Jeg går tilbage til alberguet for, at lægge mig til ro.
Der er ikke kommet flere, så vi er kun 4 til, at sove i
samme rum. Jeg gennemgår dagens tur, med oplevelser
og hvad der ellers har været. Det har ikke været så
slemt for mig, på denne Langfredag, at vandre. Jeg
finder den symbolske byrde, af Jesus' krucifiks
værende en lære for mig. At jeg skal varetage mit eget
ansvar og derved koncentrere mig, om min opgave på

denne Camino. Jeg føler, at jeg har gjort et godt stykke arbejde og fundet en god balance i mig, så smerterne ikke er store. Skuldrene især den venstre er øm; men det kan jeg massere væk. Fødderne er påvirkede med vabler og mindre sår. De føles som om, de har båret på 10 tons hele dagen. Det er ikke værre end, at jeg har en fantastisk fornemmelse i mig selv, med et enormt stort velbehag og en taknemmelighed over, at kan være så glad og ydmyg.
Jeg har nu på 8 dage gået ca. 214 km. Det er jo meget flot og der er kun ca. 550 km. tilbage. En dag til, så har jeg tilbagelagt en tredjedel. Min 9. dag byder på en strækning; som kan gå helt til San Juan De Ortega, en distance på 36 km. Hvis det er sådan, at jeg ikke vil gå så langt, kan jeg vælge at stoppe i Villafranca Montes De Oca, ca. 12 km. før. Men en distance på kun 24 km, vil måske være for lidt for mig. San Juan De Ortega lyder som et ædelt gammelt navn; som har en god tyngde. Det bliver spændende, at se hvor langt jeg når i morgen.
Jeg laver min afslapningsøvelse og mediterer. Jeg vælger at undlade øreropperne. De trykker jo trods alt noget, når jeg har dem i ørerne. Og så er vi heller ikke særlig mange.

*

12

Dejligt at vågne, her på denne lørdag d. 19. april, efter at have fået en god rolig søvn. Det virker som om, at sove uden ørepropper, giver mig en mere jævn og afslappet søvn. Dog ikke uden mit natlige toiletbesøg. Jeg kommer op og gør mig klar. Det irske par er oppe; men Dimas sover endnu. Jeg går ud for at hente mit vasketøj. Men ak det har regnet om natten, så det hele er godt vådt. Jeg tager det med ind og overvejer hvad jeg skal. Det der er for vådt vil jeg pakke i poser og tørre senere. Bl.a. min vest er for våd. Jeg placerer Jonas sten i kortetuiet. Det har jeg hængende om halsen, i en lædersnor. I etuiet bærer jeg også et billede af Pia og bogmærket fra Dimas, Pilgrimspasset og et Salemkort.

Jeg får noget dejligt morgenmad, hvorefter jeg gør mine fødder klar. Der er ikke kommet flere vabler til. Så det ser ud til, at mine fødder har fundet sig godt til rette. Men lidt plaster skal der til for, at skåne de steder hvor de gamle vabler er.

Kl. 8.15 kommer jeg af sted. Vejret er lidt overskyet, uden regn og ikke så varmt. I går forlod jeg La Rioja regionen, et meget kendt vindistrikt. Castilla y León regionen, virker på en helt anden måde. Det er som om, at der er en tungere energi. Jeg er derfor spændt på hvad det vil byde mig.

"God morgen kære dag i dag; og god morgen til jer, min Pia og min Jonas". Jeg synger en godmorgensang for dem igen, da det giver mig så dejlig energi. Jeg finder mig en god rytme, samt en sang som jeg passer ind til min vandren.

Efter at have gået i ca. $2\frac{1}{2}$ timer omkring kl. 11, kommer jeg til byen Belorado. Jeg tænker på, om jeg vil møde nogen, som jeg kender; f.eks. Fabrina og vennen. Jeg finder et supermarked og handler ind. Her sker noget underligt. Jeg kunne ikke finde min deodorant i morges; som bare er forsvundet, uden øjensynlig grund. Så jeg køber en ny her. Jeg handler også forskelligt mad.

Jeg syntes efterhånden at min rygsæk er blevet noget tung. Jeg tænker på om der er noget, jeg kan undvære. Der er et par cowboybukser, en rullekravesweater, et håndklæde, et par sokker samt den nyindkøbte deodorant. For det viser sig, at da jeg kigger bedre efter, finder jeg den anden. Alle disse ting lægger jeg i en bunke, foran en indgangsdør til en trappeopgang. Alt tøjet er ikke helt rent. Så deodoranten er en form for kompensation, til den som finder bunken. Vedkommende kan sortere det fra; som ikke kan bruges.

Jeg holder mig en pause, hvor jeg samtidig får noget, at spise og drikke. Jeg sidder kun 15 - 20 minutter, hvorefter jeg fortsætter. Kort efter henter jeg nogen jeg kender. Det viser sig at være Fabrina og hendes ven. De har sovet længe og startet sent fra Belorado. Jeg kan mærke at jeg skal gå videre for, at komme væk fra dem. Det er en bekræftelse på, at de fleste af dem, som får et Salemkort, siger jeg på samme tid farvel til. Forstået på den måde, at det som har været imellem os, nu er udlevet. Jeg vil derfor ikke skulle have noget, at gøre med dem mere.

Vejret er dejligt, med solskin fra næsten en skyfri himmel. Jeg går derudad og finder en god rytme. Det første stykke ud af Belorado, følger jeg vejen. Her møder jeg en stor flok får, med 2 fårehyrder og nogle hunde. Jeg føler en speciel energi og bliver følelsesmæssigt berørt.

Jeg hilser på fårehyrderne, hvoraf den ene råber noget med "fantastico" og viser mig verden med en bydende håndbevægelse. Jeg føler mig ydmyg og svarer "si si mucha fantastico" og sender ham et stort smil.
Jeg kommer væk fra vejen, hvor jeg så følger en sti. Jeg holder mig i den ene side af stien, for i min egen tro, at have et fast holdepunkt. Der er en sammenhæng mellem de tanker og energier; som går igennem mig og den måde som jeg går på. På den måde giver det mig mere frihed og ro i mit sind til, at gå denne Camino. Det er som at finde balancen i mig, i forhold til det hele. Terrænet er ikke så voldsomt mere. Det er blevet mere jævnt; men der forekommer forskellige stigninger. Jeg er nu nået til Villafranca Montes De Oca. En lille landsby. Her er nogle mennesker; der holder pause. De er fortrinsvis på cykel. Jeg hilser på dem og finder alberguet. Jeg stopper lidt op og ser på klokken. Den er kun ca. 14. Jeg synes at det måske er for tidligt, at stoppe for natten. Der er åben, så jeg går ind og kigger på faciliteterne. Der er ingen mennesker, så jeg er den første i dag. Jeg beslutter mig for at gå videre.
Jeg går udenfor og kigger mig lidt omkring, hvor jeg kan se at det trækker op med skyer, i den retning jeg skal til at gå. Jeg kommer af sted, hvorefter der starter en meget stejl opstigning. Det begynder at dryppe lidt. Skyernes kommen fortæller ligesom, at der vil komme

mere vedvarende regn. Jeg stopper og tager mit regntøj på; men venter dog med regnbukserne. Kort efter møder jeg en mand; som er på vej mod landsbyen. Han råber af mig om, at der er tordenvejr på vej. Han snakker godt nok spansk; men jeg forstår hvad han mener. Det får mig dog ikke til at vende om. Mine tanker går igennem mig. Der fortælles mange skrøner, omkring hvor farligt tordenvejr kan være. Med al respekt for, hvad der kan ske mig, føler jeg at der ikke vil ske mig noget denne dag. Og denne indskydelse fra min intuition stoler jeg på. Jeg kan mærke at det er en prøve; der er til for at konstatere, mig selv i min egen tro.

Jeg går videre og regnen tager til. Dog ikke i styrke som en god dansk tordenskylle. Tordenen kommer og er nu heller ikke så slem. Kort efter tager jeg mine regnbukser på, for nu regner det godt til. Jeg er ikke den eneste; som går her. Da jeg går godt til, henter jeg andre. Her er der specielt en ældre lille fyr; som jeg hilser på. Han virker meget ivrig og samtidig lidt forvirret, i den måde han går på.

Der ligger efterhånden meget vand rundt omkring, der samler sig store vandpytter. Nogle steder virker det som om, at det er en lille sø. Jeg må gå i store buer, igennem busk og krat for, at komme forholdsvis tørskoet igennem. Her kan jeg mærke, at jeg bliver nødt til, at have større fokus på, hvor jeg sætter mine fødder. Det er dagens betydning, der presser sig på. Der er jo ca. 12 km., 2-3 timer at gå til San Juan De Ortega. Jeg fornemmer at det vil regne resten af turen. Jeg holder humøret oppe, ved at synge, så min glæde er dejlig intakt.

Jeg henter flere jo nærmere jeg kommer S.J.D. Ortega. Der er også nogle med mindre børn. Pludselig dukker Dimas op på sin cykel. Vi hilser kort på hinanden, hvor vi fortæller, at vi begge vil til S.J.D. Ortega. Herefter fortsætter han. Jeg tænker på, at det dog er mange; som her er på vej. Jeg ved dog også, at alberguet er rimeligt stort, samt at der også vil være en plads til mig.

Endelig ser jeg stedet. Kl. er også blevet 16.30. Jeg føler mig ikke så meget træt af at gå; men mættet på en måde, som om jeg har udført, en opgave med stor betydning. For det er en kæmpe stor tilfredsstillelse, at nå hertil. Det konstaterer mig selv i mange ting. Specielt i troen på mig selv.

Stedet virker på en måde meget dystert. Det minder mig noget om klosteret i filmen "Rosens navn", bare på en mere fredelig måde. Men energien her er meget tung.

Jeg kommer indenfor og her er der kommet rigtigt mange mennesker. Det er i en kæmpe stor sal, på ca.

800 m2. Jeg finder mig et par stole, hvor jeg sætter mine ting og afklæder mig det våde tøj. Meget af mit tøj er blevet meget vådt, som jeg hænger forskellige steder, hvor der er plads. Her sker der noget specielt. Stenen jeg fik med af Jonas, har jeg jo ikke i min vest; men i etuiet med kortene. Der er kommet et hul i etuiet; og her falder stenen pludselig ud, og rammer stengulvet. Der går en aflang tynd flis af den. Okay tænker jeg, hvad skal dette her mon betyde. Jeg skal jo beholde stenen og have den med hjem til Jonas igen. Men flisen som blev slået af, får jeg en intuitiv besked om, at aflevere ved et kors, et eller andet sted på Caminoen. Mine tanker går til det store omtalte krucifiks, hvor folk ligger deres sten eller en anden genstand. Hvor det skal være, vil vise sig.
Jeg får fortalt, at her er der kun koldt vand. Min lyst til et bad udebliver, da jeg i forvejen har det koldt. Jeg finder mig noget tørt tøj, så jeg hurtigere kan få varmen.
Dimas er ankommet. Han sidder og spiser, sammen med en spansk kvinde. Jeg sætter mig hos dem og spiser også selv noget.
Der er en gammel spansk kvinde som vært. Hun farer forvirret rundt, af en eller anden grund. Jeg spørger hende om, at få et stempel i mit pas. Si si (ja ja) siger hun og løber videre. Jeg forsøger i alt 3 gange,

hvorefter jeg opgiver. Herfra må jeg så undvære stemplet.
Der er plads til ca. 60 overnattende. Men her viser det sig at være langt flere. Hvor kommer alle disse mennesker dog fra. For før i de andre alberguer, har der ikke været så mange.
Ind i hallen kommer Gemma og Gerry. Det er også lykkedes dem at nå frem. Jeg går ud for at ringe. Det regner fortsat, så jeg bliver inde. Jeg snakker med Pia om, at jeg skal finde frem til en dato for, hvornår jeg kommer til Santiago De Compostela; så jeg kan få bestilt flybilletter. Jeg siger at jeg vil arbejde på det og give svar tilbage.
Tilbage igen møder jeg Chris fra Canada. Han fortæller, at han har fået en seng ovenpå. Okay tænker jeg. Han er måske en af de heldige. Jeg sætter mig ved et bord for, at regne ud hvor mange dage, jeg skal bruge endnu. Med ca. 500 km tilbage, sætter jeg endnu ikke en fast dato. Jeg lader det stå åben, et par dage endnu. Jeg ser på kortene og ser, at jeg bla kommer til storbyen León. Der er et eller andet over denne by. Måske skal jeg sætte et mål for, at overnatte i León. Det er ellers sådan, at store byer ikke tiltaler mig. Men jeg får se, når det kommer.
Det bliver meddelt at alle 58 senge er optaget; men at der vil blive fundet madrasser frem, til dem som bliver

for natten. Samt at der bliver arrangeret, en dejlig
varm suppe til os alle. Det lyder som en rigtig dejlig ide.
Den kan varme godt i dette kølige og fugtige vejr.
Suppen bliver sat på bordet. Før vi må få noget af
denne, vil en ældre mand holde en tale, en slags bøn.
Han fortæller på spansk. Men jeg kan fornemme, at den
forbinder en sammenhæng, i forbindelse med stedet
her. Betydningen ligger i luften og atmosfæren.
Suppen smager vidunderlig. Det er en god kraftig
kartoffelsuppe. Jeg får to gange. Det gør bare rigtig
godt. Imens jeg spiser, går snakken rundt. Pludselig er
der en mand; som snakker med min nabo. Jeg hører
noget som forbinder et eller andet med noget dansk.
Jeg spørger om han er fra Danmark. Ja det er jeg,
siger han. Han fortæller, at han er gået sammen med en
anden dansker, som så følges med en kvinde fra New
Zealand. Han er ikke helt klar over hvor de er; men han
mener at de er gået videre, til næste albergue.
Efter suppen hjælper alle hinanden. Først rydder vi alt
ned i den ene ende, for at gøre plads til madrasserne;
og derefter henter vi madrasserne ind. Vi er ca. 18-20;
som skal have en soveplads. Jeg finder mig en
udmærket madras, sådan ca. nr. 5 i venstre side.
Der er en som fortæller mig, at grunden til at der er så
mange mennesker her, er at det er Påske. I Påsken er
der tradition for, at mange spanioler tager på nogle

dages vandring, på Caminoen og ender i Burgos, d. 2. Påskedag; hvor de så rejser hjem igen.
Jeg kigger på morgendagens march. Den viser at min 10. etape, kommer til Burgos. Den ligger ca. 23 km herfra. Men det synes jeg jo nok, vil være for kort en gåtur. Jeg kigger så videre på kortenes 14. etape. Her ser der ud til at være 3 muligheder. Villabilla De Burgos, Tardajos og Rabe De La Calzadas med max. yderligere 11 km. Det ser spændende ud på kortet. Turen starter med at dele sig ud i 3 muligheder. Jeg sætter mig for, at gå den midterste, da den lyder til, at være den mest attraktive.
Jeg pakker soveposen ud og reder op. Jeg går ovenpå for at tisse og børster mine tænder. Jeg kommer ned igen, hvor jeg tager mit tøj af. Jeg sover kun i underbukser, da det er varmt nok for mig. Jeg lægger de ting jeg skal bruge om natten, ved min side. Lommelygte, ur og sandaler. De skal være i nærheden, når jeg vågner og skal på toilet. Jeg sover igen med ørepropper. God nat! Jeg vågner igen denne nat, for at tisse. Jeg må af sted, selvom det er en lang tur ovenpå og ned igen.

*

13

Jeg vågner op næste morgen omkring kl. 6. Jeg er dejlig frisk og udsovet. Jeg ligger og blunder lidt for, at sunde mig. Nåh men op står jeg og påklæder mig. Jeg går ud for, at se hvordan vejret er. Det er dejligt, det regner ikke mere. Ind igen og samle mit tøj sammen. Ikke noget af det er helt tørt. Mine støvler er også lidt fugtige. Det er der ikke noget at gøre ved. Jeg pakker mine ting sammen og får mit vandretøj på. Min vest kommer på igen og Jonas-stenen kommer i venstre brystlomme. Herefter får jeg mig noget morgenmad. Jeg hilser på Gemma og Gerry. Det her vil nok være det sidste jeg ser til dem. Det er Påskedag, søndag d. 20. april. De har fortalt mig, at de kun har 3 dage tilbage, da de skal rejse hjem på tirsdag d. 22. april.

Efter at have spist morgenmad og klargjort mine fødder, siger jeg farvel og starter på min 10. vandringsdag. Kl. er lidt i 8. Jeg er glad og tilfreds. Jeg hilser dagen godmorgen og sender igen mine morgenhilsner, til mine to kære derhjemme i vores lille hus.

Lige her fra start deler turen sig i 3. Jeg finder hurtigt ruten; som jeg følger. Der er jo mange overnattende på stedet; så jeg regner med at møde mange. Jeg tænker

på Chris og Annie. Hvor er de mon? Jeg finder igen ind til at synge, imens jeg går.
Det er ikke så varmt, kun omkring 10 grader. Det er tørvejr og let overskyet. Jeg finder et godt tempo. Jeg tænker på gårdagens tur og begivenheder. Det er godt det ikke regner i dag.
Efter ca. 1 times vandren henter jeg Chris. Ruten fører mig væk fra vejen og ind over land og enge. Der er hjulspor at gå i, så selvom at der er en del vådt, fra gårdagens regnvejr, er der en udmærket grund at gå på. Det begynder at gå lidt opad, hvor jeg passerer Chris. Vi hilser på hinanden. Efter ca. 20 minutter er stigningen overstået og det flader ud igen. Her kommer jeg til et krucifiks. Her sker der noget specielt. Jeg fortalte Pia i går, at jeg i dag eller efterfølgende dag, vil ligge den flis fra Jonas sten, ved et krucifiks på ruten. Jeg troede, at det skulle blive på et senere tidspunkt, hvor kortet viser et krucifiks; ca. 45 km. længere fremme.
Jeg stopper her ved dette krucifiks, på en måde uden at vide hvorfor. Jeg tager rygsækken af og stopper op i min handling for, at se hvad Chris vil gøre. Han smiler til mig og fortsætter. Okay tænker jeg. Det jeg skal her er, at lægge en sten. Ikke hele den sten fra Jonas; men den flis som blev slået af stenen i går. Det er lidt underligt. Jeg gør det efter besked fra min intuition,

uden at vide objektivt hvorfor. Jeg gør det fordi jeg føler, at det er det jeg skal. Bagefter tager jeg rygsækken på igen og går videre.

Chris er kommet et par hundrede meter foran. Jeg ser at han er gået ad en forkert vej. Tegnene er ikke så tydelige her; men jeg får øje på nogle længere fremme. Jeg råber meget højt på Chris for, at han skal høre mig, og viser med fingertegn, at han er gået forkert. Han forstår straks og drejer med det samme.

Jeg finder ikke svar på hvorfor, jeg dybest set skal stoppe her. Selvom jeg ligger flisen ved dette krucifiks, kan jeg mærke at det ikke er grunden der til. Svaret vil komme til mig på et senere tidspunkt.

Når jeg har sådan en situation, hvor jeg gør en handling uden, at vide den dybeste grund dertil, arbejder jeg med mig selv for, at finde svaret. I starten er jeg meget fokuseret på situationen og spørger mig selv: "Hvad skal dette her fortælle mig, hvad skal det betyde"? Min intuition fortæller mig, at når jeg udfører sådan en handling, uden at vide hvorfor; så er det for, at vise min ydmyghed, overfor Gud, da jeg får den støtte, som jeg har brug for. Det er bla. det, som er med til, at give mig ekstra energi. Jeg slipper derefter fokus for, at følge min vej videre frem. Ud fra det finder jeg en tilfredshed, som gør at jeg får en forstærket energi, hvorved jeg føler mig ydmyg og

taknemmelig.
Jeg får efterfølgende et mere konkret svar. Det handler om, at jeg gennem denne oplevelse, skal styrke troen i mig selv, på mig selv. Chris er et menneske på hans egen specielle måde. Han har som alle andre en stor side, hvor han er et sødt og rart menneske. Han har også andre sider, hvor der er nogle, som jeg tager afstand til. Han udstråler en form for autoritet. Førhen har jeg forholdt mig, på sådan en måde ved, at have for stor respekt for ham. Ved at have denne respekt, har jeg en angst i mig for, at sige noget til ham, eller råbe højt til ham som jeg gjorde for lidt siden. Denne autoritet er ikke noget jeg skal sætte negativt på andre, da vi alle er ligesindede. Dette hører sig ikke nogen steder hjemme.
Jeg kommer på denne måde foran ham igen. Der går dog ikke lang tid, før han henter mig. Han smiler godt til mig og takker for påmindelsen. Det er jo dejligt at høre en tak fra ham. I min kategorisering af ham til, at have autorisation i forhold til mig, dømmer jeg ham til ikke at vil gøre ting; som er ganske ordinære og menneskelige. Men det kan jo altid lade sig gøre, at være menneskelig, når vi bare tror nok på os selv til, at være os selv og ud fra det ikke dømmer andre. Så væk med min kategorisering!
Jeg nærmer mig storbyen Burgos. Det er i byerne jeg

ikke er så glad for at gå. Tegnene er der få af, samt at de er svære at få øje på. På landevejen før denne store by, går jeg rask derud ad. Jeg hilser på folk; som jeg ikke har set før. Der er også en østriger; som jeg snakkede lidt med i San Juan De Ortega. Ham henter jeg her. Han sætter tempo på, så han kan følge med mig. Jeg bryder mig ikke særligt meget om hans energi. Heldigvis går han ind på en cafe, da han er kaffetørstig. Jeg fortsætter mit tråd, med en dejlig glad og tilfreds mine.

Jeg krydser først en motorvej, hvor jeg ser bilerne lidt fra oven. Dernæst krydser jeg en togbane; der er hævet over mig. Hvad alt dette skal betyde, tager jeg mig ikke så meget af her. Herefter kommer jeg til en lille by, ved navn Villafria. På kortet ser det ud som om den ligger, et godt stykke fra Burgos, uden bebyggede sammenhæng. Men da jeg kommer til Villafria er der bebygget industrielt, langs med den store vej ind til Burgos. Okay tænker jeg, dette ser ikke helt så spændende ud. Hvad gør jeg nu? Jo jeg vil gå ind på den pæne cafe, lige på den anden side af gaden. Det kan vist gøre godt, med lidt at spise og drikke.

Det er da en dejlig god ide, at gå herind. Jeg får mig en Bogadillos; som er en sandwich lavet af et stort flutes. Hertil drikker jeg to glas friskpressede appelsinsaft og en Cola Cao. Den sidste er en varm kakaodrik. Jeg ringer

og får en dejlig snak med Pia. Jeg fortæller hende om mine oplevelser på dagens tur, indtil nu. Hun synes også at det er en sjov oplevelse, ved det omtalte krucifiks, hvor jeg lagde stenflisen.
Nå, jeg kommer videre og finder Burgos. Det er nu heller ikke så svært, da jeg bare skal følge den store vej. Jeg kommer ind i byen. Jeg tænker, at jeg vil besøge alberguet for, at se på det, hvis jeg finder en henvisning der til. Men det ser jeg slet ikke noget af.
Jeg har hørt noget forskelligt om byen Burgos. Den skal være rigtigt meget flot. Der skal noget til for, at jeg syntes at en by er flot. Det har med at gøre, hvordan dens udstråling er. Føler jeg en god energi og stråler byen op, oplever jeg at det er en flot by. Jeg undgår byens centrum, hvad jeg er yderst tilfreds med.
Jeg kommer hurtigt rundt om byen og går langs med floden Rio Arlanzón; som løber igennem næsten hele Burgos. Her er jeg glad for at gå. Jeg føler mig dejligt godt tilpas og afslappet. Her er virkeligt flot, med høje store træer, knejsende op i luften med en flot stolthed. Jeg møder en spanier og snakker lidt med ham. Han fortæller at han har vandret på Caminoen i Påsken, og at Burgos er hans endestation. Han vil finde banegården og rejse hjem.
Jeg går videre. Jeg er ved at komme ud af Burgos, da jeg kommer til en slags park. Her ser jeg på afstand et

albergue. Jamen dog siger jeg, det er da vist ikke beskrevet nogen steder i mine papirer. Jeg går derhen, hvor der allerede er to andre. Jeg hilser på dem og ser stedet an. Kl. er ca. 13.30 og alberguet åbner kl. 15. Jeg skal altså vente 1½ time her. Jamen okay tænker jeg og sætter mig ned på en bænk. Stedet ser ikke særligt gammelt ud. Det virker stille og roligt. Er bygget i træ og ligner en slags feriehytte. Jeg føler mig ikke specielt tiltrukket af stedet. Jeg spørger mig selv, om jeg skal blive eller gå videre. Jeg bliver enig med mig selv, at vente lidt endnu.

Der kommer flere til, bl.a. en spansk kvinde; som jeg hilste på i San Juan De Ortega. Hun genkender også mig og hilser. Der kommer flere endnu. Vi er efterhånden oppe på snart 20. Annie kommer sandelig også. Hun vælger at fortsætte. Kort efter ankommer Chris. Og da han også vælger at fortsætte, gør jeg det også. Han går godt til. Vi følges så jeg kommer hurtig op i tempo. Han fortæller at vi to er nogle gode vandrere; som godt kan gå til. Han mener, at jeg er bedst på stigninger, hvor han er hurtigst ned ad og på lige strækninger. Det er jo dejligt at se, hvorledes denne Chris har energi til, at gå et godt tempo.

Han fortæller om nogle tyskere han havde mødt. De blev sure på ham, fordi han gik meget hurtigt. De mente, at han satte tempo på udelukkende pga., at nå

før frem end dem. Det er jo netop her i Påsketiden, hvor der er rigtig mange på vandringstur, at der kan være mangel på sengepladser, i de forskellige alberguer. Jeg siger så til ham, at det skal han ikke bekymre sig om. Vi går jo alle sammen på den måde, som vi nu har lyst til, uafhængigt af andre.
Chris fortsætter det gode tempo, og forcerer måske endda en lille smule. Det er ved at blive mig for meget, og det er også på tide, at blive kun mig selv igen. Jeg kan se Annie længere fremme. Chris passerer hende. Kort efter henter jeg også Annie.
Jeg kommer til byen Villabilla De Burgos. Jeg vælger at gå videre. Lidt senere kommer jeg til byen Tardajos. Jeg stopper ved alberguet. Det er et lille privat sted, hvor en kvinde tager imod. Chris er på vej op på førstesalen for, at indlogere sig. Kvinden understreger ret så tydeligt, at vandrestøvlerne skal blive udenfor. Jeg kan mærke at energien på stedet her ikke behager mig. Annie kommer hvor jeg er på vej væk. Jeg siger at jeg vil gå videre, de godt 2 km til næste albergue. Hun spørger efter Chris. Jeg siger at han er stoppet her. Hun vælger også at gå videre.
En lille $\frac{1}{2}$ time senere ankommer jeg til Rabe De Las Calzadas. Annie og jeg kommer samtidig til et lille privat albergue. Der er en mand; som tager i mod. Det er ikke værten. Han fortæller at han har skadet sin fod, og

pauserer her. Han hjælper til når værten, en ung mand,
ikke har tid. Manden er på tur sammen med sin
kæreste. De kommer begge fra Luzern i Schweiz. Jeg
afleverer pilgrimspasset til manden; som jeg så vil få
tilbage senere.
Der er allerede ca. 4, foruden det schweiziske par. Jeg
går ovenpå og finder mig en seng. Annie kommer ind i
samme rum. Senere kommer der en mand fra Østrig.
Han er godt nok flot klædt på, i lederhosen og
skindjakke.
Jeg kommer i et dejligt bad; som ikke er særligt varmt.
Bagefter hilser jeg på værten. Det er ikke muligt at
lave mad, selvom der er et køkken. Men der vil blive
arrangeret noget senere. Det siger jeg ja til. Det
koster mig knap 10 Euro, for overnatning og aftensmad
indregnet.
Jeg vasker lidt tøj, som trænger. Jeg ved ikke, hvad
jeg bagefter skal foretage mig. Jeg kan mærke, at jeg
er et sted hvor jeg har svært ved at finde fred. Jeg
føler at her er en mærkelig energi. Ikke i selve huset;
men hos de tilstedeværende mennesker. Jeg har meget
svært ved, at forene mig med dem.
Ham manden fra Luzern kan jeg mærke på, at han har
megen lidt selvtillid. Han føler, at det er synd for sig
selv over, at have slået benet og nu ikke kan komme
videre. Det er jo netop alt andet, end hvad han har brug

for, for at komme videre på vandring. Hvis han nu var alene, var det nemmere for ham, at komme videre, idet han lader kæresten tage over. Han venter på, at hun skal gøre det for ham, at få helet hans ben. Han har gjort sig afhængig, af hans mors kærlighedsenergi; som forhindrer ham i at være selvstændig.
I aften ringer jeg igen hjem. Jeg fortæller lidt om, hvordan det er gået på resten af vejen. De har det godt begge to. Jonas vil ikke snakke med mig. Jeg kan mærke at han har brug for en vis afstand. Jeg respekterer hans valg og lader det være.
Der bliver kaldt til bords. Værten har problemer med at åbne en trykkoger. Ham og den schweiziske mand forsøger med vrid og slag; men åbnes vil den ikke. Så træder kæresten til med en blid og nænsom hånd, og vupti op kommer den. Ja, se det er jo ikke så dårligt og jeg syntes, at det fortæller en del.
Maden smager dejligt. Først noget salat, derefter en sammenkogt ret med kartofler, kød, grøntsager og sovs. Til slut får vi en dessert; som er valget mellem forskellige portionsyoghurt.
Bagefter går jeg ovenpå for, at kigge på næste dags etape. Her er der ca. 27 km til Castrojeriz. Jeg ved jo ikke om det vil være nok, så jeg kigger videre frem. Her er der yderligere 2 muligheder ved Puento Fitero og Itero De La Vega; som henholdsvis er 36 og 38 km fra

Burgos.
Jeg ligger og tænker tilbage på dagen. Den har været begivenhedsrig. Jeg tænker på alle de mennesker; som jeg indtil nu har mødt. Det er ikke så få, samt hvad har de bragt mig af oplevelser. De har alle hver især, på deres måde, bidraget rigtig dejligt med den måde, som de nu har været på.
Jeg har gjort mig færdig på toilettet og ligger mig i min dejlige sovepose. Jeg vælger at undlade ørepropper, da vi kun er 3 i rummet. Jeg laver min afslapningsøvelse og mediterer. Hvor giver det mig dog bare en dejlig ro.
Gæt hvad der sker denne nat? Jamen dog, jeg vågner omkring kl. 3 og må ned for at tisse. Det er næsten blevet til en vane, som jeg ikke kan undvære. Det kan jo godt være, at uden den, vil jeg ikke få min nødvendige søvn.

*

14

Jeg vågner før mit vækkeur. Jeg ligger bare stille og roligt, og nyder stilheden omkring mig. Annie er vågen og står op. Jeg bliver liggende lidt endnu. Jeg står op ca. kl. 6.30, dejligt udhvilet. Denne dag d. 21. er den sidste i Påsken. For Jesus var det 3.dagen, dagen for genopstandelsen. Gad vide hvad denne dag vil komme til at betyde for mig? Det er et spørgsmål, som jeg kun selv kan besvare; og som vil vise sig senere.

Jeg får mig vasket og henter mit vasketøj; som ikke er blevet helt tørt, da det har regnet om natten. Jeg kommer op igen og pakker min rygsæk. Med mit vandretøj på, går jeg nedenunder for, at spise morgenmad. Her hilser jeg på Annie; som er på vej ud ad døren. Østrigeren er der også. Han er på vej ud for at ryge en cigaret.

Jeg siger farvel til de andre og takker værten for et dejligt ophold. Han henviser mig til, at tage vand fra den udvendige brønd. Vandet indenfor indeholder en mængde klor. Det gør vandet udenfor ikke. Jeg takker for oplysningen og går ud. Jeg kommer hen til brønden og fylder mine flasker. Som dagene før, hilser jeg dagen i dag velkommen. Jeg sender også Pia og Jonas en godmorgenhilsen. Jeg synger en dejlig godmorgensang til de to. Dagens vandretur kommer i gang. Jeg fortsætter med at synge; men skifter tekst til at omhandle mig selv. Det er de tre nøgleord tro, følelser og kærlighed; som er grundstammen til alt det, hvad vi har brug for.

Jeg kan mærke at denne dag, har rigtig stor betydning for mig. Men hvordan ved jeg ikke på nuværende tidspunkt. Jeg ved kun at den har relation til 2. Påskedag, dagen for Jesus genopstandelse. Svaret kommer ikke den samme dag, dagen efter eller ugen efter. Nej svaret kommer til mig i forbindelse med at skrive denne bog, ca. 3 måneder efter. Det kommer i dag onsdag d. 23.07.2003, da jeg er på arbejde.

Det at dø er noget vi alle skal. Alt i os dør ikke; det er kun kroppen. Vores sjæl fortsætter sin livsbane. Når døden er bestemt på sådan en måde, at vi alle skal dø uanset hvilken alder vi har; tror jeg på, at det er noget smukt. Der findes utal af måder, hvordan vi mennesker dør på. Uanset hvilken måde det sker på, vil der være en vidunderlig oplevelse. Vi forbinder det mange gange med smerter og pinsler, når vi ser hvor brutalt nogen kan dø. Lige meget hvor mange smerter og pinsler det enkelte menneske måtte have, vil der altid være en smuk og guddommelig oplevelse i, at stoppe livet som menneske.

Men uanset hvilken holdning, vi alle har til døden, har vi

hver især lov til, at forholde os til det på vores egen
måde. Vi bliver alle ramt af følelser, når en falder bort.
Sådan er det og sådan skal det også være. For vi skal
alle give os selv lov til, at vise vores egne inderste
følelser. Som jeg har omtalt tidligere, har alt en
betydning. Døden har også en betydning; som vi kan
bruge til, at komme videre. Ellers vil vi ikke opleve den.
Jesus blev korsfæstet på Langfredag. Han sagde at på
3.dagen vil han genopstå og leve videre i 40 dage, til
Kristihimmelfartsdag. Det er dette forhold jeg
hentyder til som svar. Vi skal bare ikke bruge det
bogstaveligt; men på en uforbeholden symbolsk måde.
Når en af vores nærmeste dør, bliver vi meget
ulykkelige, og føler at det hele bare kan være lige
meget. Vi kommer i en dyb sorg, da vedkommende ikke
er sammen med os mere. Denne sorg og ulykkesfølelse,
er noget vi forbinder i os selv, da det menneske som vi
elsker så meget, er gået bort. Men vi skal ind og vende
denne sorg, så vi forbinder os med det menneske; som
er død. På den måde vil vedkommende genopstå og være
med os, iblandt os. Vi kan spørge os selv om, hvorfor vi
er så ulykkelig over, at vedkommende er død. Det er et
spørgsmål; som jo burde have et helt klart og
indlysende svar. Men sådan er det ikke altid. Vi lukker
gerne af for, at lade sorgens følelser, komme for tæt
på til os, inderst inde. Vi har derfor brug for, at få

konstateret sorgens tilstand ved, at andre viser samme sorgende følelse. Svaret ligger inde i os, som vi kun selv kan finde frem til. Ved at erkende svaret over for os selv, finder vi kontakten til den afdøde.
Efter at have gået 1 times tid, henter jeg den østrigske mand. Han går der og nyder turen på hans måde, hvor jeg hilser på ham. Det er stadig vådt og mudret fra de sidste dages regn. Nogen steder så meget, at jeg ikke kan gå på stien. Så er der nogle steder, hvor jeg kan gå op på en lille højderyg, langs marken ved siden af stien. Jeg fortsætter mit dejlige friske tempo og nyder den måde, hvordan energien kommer til mig og strømmer gennem mig. Bare det, at gå helt for mig selv, iblandt alt det som er omkring mig. De lyde fra dyr, vind og biler; der forener sig til en stor helhed. De gør, at jeg for hver dag der går, finder mere og mere ind til mig selv. At jeg mere og mere får konstateret min visdom; som kommer frem i mig, i form af mine intuitive handlinger. Når jeg føler efter, hvor meget alt dette betyder for mig, og derigennem konstaterer, hvor sandt det hele er. Ja, så mærker jeg den lykke og frihed; som gør at jeg er så yderst taknemmelig og samtidig kan være en tilfreds og ydmyg person.
De første ca. 16 km., går jeg dejligt langt fra en befærdet vej. Jeg mærker med det samme den glæde og ro sådanne omgivelser giver mig. Jeg har set på

kortet, at der vil være et krucifiks tæt på Caminoen.
Mon det er her stedet er, hvor der bliver lagt så mange
sten? Nej, det er ikke stedet. Det er et symbol på en
historie; som skete for længe siden.
Min vandren giver mig plads til, at have de sødeste og
smukkeste oplevelser. Her er en af de sødeste. I
krattet ved siden af stien jeg går på, ser jeg et meget
lille hoved komme frem. Da det ser mig, skynder det sig
at gemme sig. Det ser ud til at være en mus. Jeg
stopper og betragter stedet. 5 sek. senere kommer det
lille hoved, lige så forsigtigt frem igen. Den skal lige se
om kysten er klar. Det ser bare så dejligt sødt og
uskyldigt ud. Jeg smiler, siger farvel og vinker til den.
Hvor er det skønt, at opleve denne blide kontrast, i den
opskruede verden; som vi lever i.
Jeg kommer til Hontanas. Indgangen til byen er bare så
dejlig smuk. Jeg stopper op, for at beundre energien;
som stråler ud fra denne lille fredfyldte landsby. Jeg
fotograferer motivet og håber derved at holde på
denne smukke atmosfære. Jeg går ind i byen og tænker,
hvor er det skønt, at noget som er så gammelt og
simpelt bygget, virkelig kan have, på denne måde, en dyb
dyb sjæl. Følelserne kommer helt op i mig, hvor tårerne
presser på. Det er virkelig enestående. Jeg finder en
bænk, hvor jeg holder en pause. Jeg spiser et mindre
måltid. Jeg må simpelthen stoppe her i byen, og føle den

fred og ro; som byen omspænder. Samtidig kan jeg mærke, at jeg ikke skal overnatte her, da det så vil blive for meget for mig.
Fra Hontanas er der 9 km til Castrojeriz. Efter endnu en times vandren, ca. 4 km fra Castrojeriz, kan jeg begynde at se byen. Oven over byen, på en bjergtop, ligger ruinerne af en gammel borg.
Et par kilometer længere fremme henter jeg Annie. Hun går der i sit eget jævne tempo, svingende med hendes vandrestok. Vi hilser og spørger til hinanden.
Jeg fortsætter i mit tempo og snart er jeg ved byens start. Her viser et skilt, at der er knap 2 km. til Albergue de Peregrino. Jeg sætter farten lidt ned. Det sker på en måde pr. automatik. Energien er kraftigere i byer; men der er stor forskel på store og mindre byer. Her er energien meget rolig i forhold til f.eks. Burgos.

Jeg føler, at det er et dejligt sted. Annie kommer op og henter mig. Vi følges ad, for at finde alberguet. Ca. 500 m. inden, begynder det at gøre rigtig meget ondt, i mit venstre lår. Jeg tænker hvad sker der nu. Smerten bliver stærkere, så jeg begynder at halte. Objektivt set skyldtes smerten formodentlig overanstrengelse af muskulaturen. Subjektivt set har det med følelser at gøre, da det er mit venstre ben. Venstre side af kroppen omhandler det feminine og følelser. Højre side omhandler det maskuline og handlekraften. Jeg fornemmer, at det har med kontakten til Annie, at gøre. Er det nu meningen, at jeg skal skilles fra hende?
Jeg får mig humpet hen til alberguet. Det gør godt at stoppe her. Døren er åben ind til en slags entré. Kl. er ca. 14, vi stiller vores rygsække og skifter til sandaler. Alberguet åbner først kl. 15, så vi går en tur ned til den nærmeste bar. Her får vi os en dejlig forfriskning og en lille pose chips. Annie fortæller, at manden ved det andet bord, ham med det store skæg; er værten på alberguet. Han er en kendt mand, blandt Pilgrimsrejsende. Der er mange; der gerne vil fotograferes sammen med ham.
Senere går vi tilbage til alberguet. Vi aftaler at gå på bar igen, for at spise aftensmad, hvor de serverer en menu del Peregrino. Det er rigtigt, manden med skægget er værten på alberguet. Jeg får mig

indskrevet og stemplet mit pas. Jeg finder mig en seng, et udmærket sted. Badet og wc er lidt specielle. Det er meget lille. En enkel bruser og et toilet, er hvad gæsterne har at benytte sig af. Efter badet vasker jeg noget tøj og hænger det ud i solen. Her er en dejlig baghave med bord og bænke, samt en græsplæne; som godt kan trænge til at blive klippet.

Mit ben gør fortsat meget ondt. Jeg skal passe på ikke at gå for meget. Jeg sætter mig udenfor med noget sololie; som jeg bruger til at massere mine ømme muskler med. Jeg kan mærke at det hjælper lidt. Annie ser hvad jeg laver og henter noget creme med kamfer i. Det bruger jeg noget af. Jeg kan mærke, at det har en god effekt.

Annie spørger om jeg vil med ned i supermarkedet og handle. Vi går en tur derned. Det er et skønt vejr, med solskin og næsten ingen vind. Jeg finder mig nogle gode varer og smålækkerier. Her beslutter jeg mig for, at blive på alberguet og lave mad. Jeg kan mærke, at når jeg kommer tilbage, skal jeg ikke gå mere ud; men blive og slappe af så meget som muligt.

Vi kommer tilbage. Jeg laver mig noget mad og går ovenpå, hvor jeg kan sidde helt for mig selv, og spise i fred og ro. Jeg laver notater over dagens etape. Det er gået godt i dag. Jeg har fået mig en mindre forskrækkelse, pga. mit ben. Det er med til at fortælle

mig, om min situation i forhold til min Camino. Chris har jeg ikke mødt i dag; han er nok længere fremme.
Her er en gæstebog, som jeg læser lidt i og skriver nogle kommentarer. Jeg sætter mig udenfor på en lang altan. Her er jeg også helt alene. Jeg masserer igen mine muskler med sololien. Det er virkelig en god og smørende olie.
Jeg ringer hjem og snakker med Jonas og Pia. Jeg fortæller om dagens oplevelser. Det er inspirerende at snakke med Pia, om mine indre personlige oplevelser. Det forbinder os tættere sammen, så følelsen med at Jonas og Pia er med mig, på denne Camino, er meget forstærket. Jeg kan mærke i mig, at det er mig en ubeskrivelig stor hjælp fra Pia, at hun er den hun er, i det sted hun er.
Jeg går nedenunder. Her hilser jeg på en kending. Han er fra Belgien og bor i Italien. Jeg mødte ham første gang i San Juan De Ortega. Han er en lille midaldrende mand. Han virker meget sød. Han vil så gerne fortælle om sig selv. Han snakker noget engelsk, på en måde; som er meget svært at forstå. Det lyder som om han mumler sig frem. Jeg morer mig lidt, for det lyder bare så sjovt. Han spørger til mig, om jeg har set en ung mand, fra Frankrig; som han har fulgtes med i dag.
Annie kommer og henter mig. Hun vil gerne have mig til, at fotografere hende sammen med ham værten. Det

ender med, at værtens assistent, tager et billede med Annie, værten og mig; samt at jeg tager et af de tre. Jeg har nogle Salemkort med; som værten vælger et af. Han bliver rigtig glad for det. Assistenten er god til engelsk; han oversætter min forklaring, da værten kun kan spansk og fransk.

Da jeg kommer ind igen, henvender jeg mig til Annie for, at hun kan vælge et Salemkort. Hun bliver også rigtig meget glad. Disse kort har bare en dejlig speciel energi over sig. De giver noget; som når vedkommende vælger sit kort, er det fordi vedkommende netop har brug for dette kort.

Jeg går ud i baghaven for at slappe af. Kl. er ca. 20 og her er ikke andre. Mit lår gør stadig ondt. Jeg forholder mig rolig og fortrøstningsfuldt, da jeg tror på mig selv, at jeg vil have det godt nok i morgen, til at fortsætte. Jeg beslutter mig for, at sætte mig længere tilbage i haven, for at meditere. Da jeg igen slår øjnene op, er der en ældre mand. Han smiler og spørger om jeg mediterer. Det kan jeg så kun bekræfte. Det giver mig fred og ro dybt inde i mig, at konstatere over for mig selv, at jeg roligt kan sætte mig hen og meditere, hvor andre kan opdage mig. Jeg ringer til Pia for, at ønske hende en god nat og fortæller om mine seneste oplevelser.

Nu er tiden inde for, at lægge mig til ro. Jeg gør mig

færdig med et toiletbesøg og børster mine tænder. Jeg snakker lidt med ham ital./belg.. Han spørger til hvordan det går. Jeg fortæller ham om benet og at jeg har det meget bedre nu. Han er helt imponeret over, hvordan jeg har energi til, at gå så meget som jeg gør. Jeg ligger mig og kigger på morgendagens etape, min 12. af slagsen. Fra Castrojeriz til Frómista er der 25 km. Her vil jeg efter godt 8 km., krydse grænsen fra Burgosdistriktet til Palenciadistriktet. Jeg kigger efter steder længere end Frómista. Her er der 3 muligheder. Poblaciõn De Campos 4 km efter, Villacazar De Sirga 13 km efter, altså i alt 38 km og endelig Carrion De Los Condes 19 km efter, i alt 44 km fra Castrojeriz.

Jeg lægger mig tilrette på ryggen, lukker mine øjne og lægger armene ned langs kroppen. Jeg tager nogle dybe vejrtrækninger, til jeg befinder mig godt tilpas. Her er jeg allerede ved at være godt afslappet. Jeg kan mærke, at mine muskler trækker nogle steder. Mine fødder føles, som om de er trykket flade. Jeg starter med at fokusere på toppen af hovedet, kronechakraet, hvor jeg fortæller til mig selv, at jeg skal slappe af. Herefter fortsætter jeg ned over hele kroppen, til jeg når mine tæer. Når jeg er så langt, er jeg bare fuldstændigt afslappet. Jeg ligger bare tungt og kan føle efter i min krop. Så lader jeg energien strømme igennem mig på 2 måder. Først udefra op igennem min venstre arm, gennem hjertechakraet, ud gennem min højre arm og bare ud. Anden måde er med start oppe over hovedet, hvor der er et lyspunkt. Her fra kommer energien ned gennem alle chakraerne, ned gennem begge ben, ned til fødderne, hvor energien slår lange rødder ned i moder jord, for at få en god jordforbindelse. I hjertet hvor de 2 energier krydser hinanden, lader jeg dem komme ud foran mig, hvor jeg kan arbejde med mig selv. Efter nogen tid lader jeg energien strømme af sig selv, uden at jeg foretager mig noget. Nogen gange sker det, at jeg midt i det hele falder i søvn.

*

15

Jeg vågner før mit vækkeur, ca. kl. 6. Jeg ligger lidt og sunder mig. Jeg lader tankerne gå tilbage, til gårsdagens oplevelser. I går var sidste dag i Påsken. I dag er det tirsdag d. 22. april. Mine ømme lårmuskler lader til, at være blevet meget bedre. Det er da dejligt. Jeg står op og hilser på de forskellige. Annie spørger til mit ben. Hun er næsten klar til at gå. Jeg gør mig klar, først med et toiletbesøg. Mine fødder bliver også lappet lidt sammen, med et par plastre. Her sker der noget; som jeg bliver lidt irriteret over. Jeg vil hente mit vasketøj; men døren er låst. Der bliver låst op ca. en $\frac{1}{2}$ time senere. Jeg får ikke spurgt værten, hvorfor der er låst. Jeg hilser på ham og lyder noget irriteret. Jeg kan se og mærke på ham, at han er lidt desorienteret. Jeg bliver enig med mig selv om, at jeg ikke vil gøre mere ud af det, så det ikke kommer til at ødelægge min dag. Jeg beder mig selv om tilgivelse, for den givne situation. Kl. er ca. 8 da jeg er klar til at gå. Jeg siger farvel og tak til den særprægede vært.
Vejret er igen ikke for varmt. Jeg mærker kun lidt til de ømme muskler. Jeg er glad og taknemmelig, over at kan gå videre. Jeg hilser morgenen velkommen. En godmorgen går på denne smukke tirsdag, til mine to

smukke hjemme i Danmark. Mit savn over, at de ikke er
med mig, ved min side, overtages af den glæde; der er i
at de er med mig, her i mig på denne Camino. Jeg finder
igen en sang; som passer sig ind til min vandren.
Jeg kommer hurtigt ud af byen. Her går jeg ad en vej,
hvor det er fladt. Et stykke af vejen følger jeg en Å.
Efter et par kilometer går vejen stejlt opad. Den snor
sig opad siden på en højderyg.

Efter at have nået toppen stopper jeg og kigger tilbage
på Castrojeriz, med ruinerne af en borg øverst på
toppen. Jeg fortsætter på højderyggen. Den er meget
flad heroppe. Jeg går ca. en ½ times tid, hvor det så går
nedad igen, til ca. samme niveau som før opstigningen.

Jeg passerer floden Rio Pisuerga; hvorved jeg skifter fra distrikt Burgos til distrikt Palencia. Igen er der mange dyr omkring mig. Storke, Sorte krager og Ravne. Her er også frøer. Jeg ser ikke så mange; nej jeg hører dem. Der er rigtig mange. Det lyder som om de forsøger, at finde en fælles melodi. Det er i mosede områder. Jeg forsøger om jeg kan se dem og skimter lige enkelte. De er farvede med bl.a. grøn, så de falder godt sammen med omgivelserne.

Jeg fortsætter ad den stille og rolige vej. Her er ikke noget trafik, udover cyklende og gående, da landevejen er et stykke herfra. Jeg kommer til en by, Boadilla Del Camino. Her er en Peregrinocafe med et albergue. Jeg stopper lidt her, får et stempel i mit Pilgrimspas og noget at spise.

Her er andre Pilgrimsvandrere, som jeg hilser på. En midaldrende kvinde er vært for stedet her. Hun har ansat en ung mand, til at gøre haven pæn. Han er lige blevet færdig med græsklipperen og skal i gang med græstrimmeren. Hun er efter ham, så han kan gøre et godt stykke arbejde.

Efter ca. 45 min. rejser jeg mig for, at gå videre. Vejret er dejligt lunt med solskin. Jeg har ca. 5 km til byen Frómista, som svarer til en times vandren.

Kl. er lidt over 13, da jeg når Frómista. Her henter jeg Annie. Hun kommer ud fra et supermarked, hvor hun har

handlet lidt ind. Vi veksler kun lige et par ord,
hvorefter jeg går videre.
Jeg spørger om vej til alberguet for, at få mig et
stempel. Jeg finder det; men der er lukket. Jeg går lidt
målløst omkring og beslutter mig endelig for at gå
videre, for at komme ud af byen. Her møder jeg igen
Annie, på vej ind i byen igen. Hun har glemt sin
vandrestok. Hun spørger om jeg har set den. Det har
jeg ikke, så hun går tilbage til supermarkedet, hvor hun
mener hun har efterladt den. Jeg morer mig lidt over
situationen. Tænke sig at Annie; som virker så
påpasselig, kan glemme noget af sit kæreste eje.
Jeg vælger at fortsætte til næste by, Población De
Campos og der se på stedets albergue. Efter ca. 3
kvarter når jeg byen. Jeg leder efter alberguet og
spørger nogle lokale om vej. Jeg får forklaret noget;
som jeg ikke rigtig forstår. Jeg opgiver og beslutter
mig for, at finde frem til næste; som er i byen
Villacázar De Sirga. Det er der kun ca. $9\frac{1}{2}$ km til, ca. 1
time og 45 min.
Der er lavet en sti for Pilgrimsvandrere; som følger
hovedvejen. På stien er der sat en form for symboler
op. 2 mindre betonsøjler med indbygget muslingeskal;
som jo symboliserer Apostlen Jakob. De står ved siden
af hinanden, med ca. 30 cm. mellemrum, før og efter
hver eneste indkørsel og sidevej. På hovedvejen er der

kilometerskilte. Efter Población De Campos viser de 16 km.; som er afstanden til Carrión De Los Condes. Jeg går rask til. Her er ikke særligt kuperet. Det er forholdsvis meget fladt, næsten som i Danmark. Jeg får en ide om at tage tid på, hvor hurtigt jeg kan gå en kilometer.

Jeg holder mit jævne tempo og måler $11\frac{1}{2}$ min. Det er godt 5 km i timen. Det er jeg meget godt tilfreds med. Jeg har trods alt, foruden min egen vægt på ca. 80 kg., ca. 13 kg. i rygsækken.

Der er ikke de store forandringer på denne strækning. Stien her følger hovedvejen, helt til Carrión De Los Condes. Det sker ind i mellem at der er nogle bilister, som dytter for at hilse. Her i Spanien er det en stor sag, en stor ære, at vandre som Pilgrim, på denne Camino De Santiago.

Jeg kan efterhånden se byen Villalcázar De Sirga, hvor næste albergue er. Det er som om det giver mig ekstra energi. Jeg kommer til byen, hvor der er et skilt, som henviser til Albergue de Peregrino. Jeg fortsætter for at finde det. Jeg går forskellige steder hen og må til sidst spørge om vej. Jeg finder en ældre herre og spørger på spansk: "Hola disculpe, Albergue de Peregrino"? Han svarer på engelsk, at det ikke eksisterer mere. Så udbryder jeg højlydt på dansk: "Nej for fanden, det kan da ikke passe, nu hvor jeg har gået så langt". Der kom et par gloser mere. Han bliver ligesom helt stum og står med store øjne. Han blev jo nok lidt forskrækket over mit udbrud. Han forstår ikke et ord; men helt sikkert betydningen af det. Han siger, at han vil spørge cafeværten for, at jeg også kan høre det fra en anden. Jeg falder til jorden igen og undskylder mig over for ham. Jeg takker for hjælpen og vandrer videre. Jeg ved, at jeg har godt 6 km. til næste albergue, knap 1½ times vandren herfra. Jeg finder balancen i mig igen, ved at acceptere situationen og derud fra føle mig ydmyg og taknemmelig. Herved kan jeg mærke, at energien kommer til mig, som en ekstra indsprøjtning.

På vejen ud ad byen, møder jeg nogle som jeg tidligere har overhalet. De spørger mig efter alberguet. Jeg svarer på engelsk som det svar jeg fik, at det ikke eksisterer mere.

Efter en times vandren, begynder jeg at møde andre mennesker; som går modsat retning. Ikke så mange; men der en enkelt, en kvinde; som giver mig en speciel oplevelse. Hun kommer gående i samme side. Jeg prøver at vurdere hende. Hun er slank med lysblond hår og ser meget pæn ud. Hun er ca. midt i 30'erne. Jeg forbereder at hilse på hende. Men ca. 20 meter inden vi mødes, vender hun om og går tilbage, ad samme vej hun kom. Jeg føler en skuffelse over ikke, at hilse på hende.

Hun går et godt tempo. Jeg prøver at hente hende; men det lykkedes ikke. Hun går ad samme vej som tegnene viser, ind i byen. Her er det som om, hun sætter farten lidt ned. Vejen deler sig i to. Der er tegn; som viser i begge retninger. Jeg kalder på hende, for at spørge om vej, til Albergue de Peregrino. Hun svarer på spansk, med sådan en dejlig smuk og blid englestemme og peger i den retning, som jeg skal gå. Jeg takker hende og går et par hundrede meter, hvor det så er. Det virker på mig, som om hun er en engel; der kommer for at vise mig vej, på sikker vis til alberguet.

Det er en stor og kraftfuld bygning; et kloster. Jeg går gennem en port og kommer ind på en åben plads. Jeg finder kontoret for indskrivning. Jeg føler mig bare så dejlig træt. Her er det en ung mand, som er vært. Jeg hilser og finder mit Pilgrimspas frem, uden at sige yderligere. For mig er det bare som om, at det er en formel sag. Han spørger om jeg skal sove her. Jeg bliver stående og kigger på ham i ca. et sekund. Det føles bare som meget længere tid. Jeg tænker, kan du ikke engang se på mig, hvor træt jeg er. Jeg smiler og svarer så ja til ham, og betaler 7 Euro for overnatning. Han følger mig på vej og viser mig køkken, vaskested og baderum. Det ser jo alt sammen meget godt ud. Vi kommer til rummet hvor jeg skal sove. Her bliver jeg godt nok overrasket. Her er 3 senge. Ikke køjesenge. Nej dejlige brede senge med springmadras og sengetøj til at rede op. Okay, ikke nogen sovepose i nat. Foruden mig er der 2 hollandske kvinder. Jeg hilser på dem og vi får en lille snak.

Jeg går hen for, at få mig et bad. Jeg træder indenfor og tænker; jamen det er jo ren luksus. Toilet og bruser i et rum; som jeg kan låse af. Jeg klæder mig af og kommer under de vidunderlige varme vandstråler. Det er så skønt, at jeg helt får gele i knæene, af bare følelser. Tårerne presser sig på. Kan det virkelig være sandt, at jeg efter sådan en skøn lang vandring, på i alt 44 km., skal have det så godt. Jeg føler mig helt som en fyrste. Jeg står under bruseren i 30 - 40 min., og nyder hvert et sekund.

Efter badet vasker jeg noget af mit tøj. Jeg finder et ledigt sted på tørresnoren. Jeg går hen for, at se på køkkenet og hilser på de forskellige. Jeg går tilbage til værelset. Her får jeg en længere snak, med den ene hollænder.

Der er klokker i klosteret. De ringer for hvert kvarter. Jeg håber bare, at de ikke ringer om natten. Jeg finder mit forråd frem og går hen i køkkenet for, at lave mig noget mad. Det er altid dejligt at komme i køkkenet, hvor andre også er. Der er bare en så skøn atmosfære mellem alle. Jeg hilser på dem der er. Der kommer en mindre bekendt; som jeg mødte i dag tidligere på ruten.

Vi snakker lidt, imens jeg spiser. Bagefter går jeg lidt udenfor. Her er dejligt stille. Jeg ringer til mine 2 elskede hjemme i vores lille hus. Vi får igen en længere snak, hvor jeg fortæller om dagens oplevelser. Pia morer sig sammen med mig over hvordan tingene kan hænge sammen. Jeg står og får tårer i øjnene, over det jeg får af oplevelser, på denne Camino. Jeg kan sige, at jeg er meget ydmyg og yderst taknemmelig for alt, hvad det betyder for mig i mit liv.

Jeg ved at disse oplevelser har sin forbindelse, til noget som er højerestående inde i mig selv. Jeg føler, mærker, hører, ser, lugter og opfatter så omfattende meget. Min objektive tænkemåde, er i denne henseende, overhovedet ikke tilstrækkelig til, at forstå alle disse meddelelser. Her kommer min egen læren, om troen i mig selv, min egen sandhed, min subjektive opfatte- og tænkemåde, mig til så stor en glæde. Netop ved, at jeg følger tingene som de sker og derved accepterer min egen situation, som den nu er. Dette gælder ikke alene mig selv. Nej dette gælder i allerhøjeste grad også min elskede Pia. For havde Pia ikke affundet sig med den situation; som hun kom til at stå i, da vi fandt ud af, at hende og Jonas skulle rejse hjem. Så havde det ikke været mig muligt, at finde roen i mig selv til, at gå denne Camino. For denne forbindelse; der er mellem mig og Pia, gør det sådan for mig, at jeg netop får og åbner

op for alle disse oplevelser; som jeg skal bruge til at give mig den energi; som jeg har brug for på denne Camino. I den forbindelse føler jeg mig utroligt stærkt forbundet med Jesus.
Energien som jeg skal bruge til mig selv, i forbindelse med min vandren, får jeg gennem min intuition fra oven. Det er netop hvad min bod går ud på, på denne Camino. At finde ind til, at tro på mig selv i, at mine følelser fortæller mig alt, om den kærlighed; som jeg får fra mit højere jeg, min sjæl. Alt det jeg oplever på min færd, tolker jeg som kærlighed. Kærlighed er ikke lig med et objektivt set sukkersødt liv, hvor vi i mange henseender tager så megen hensyn til andre, bl.a. vores mor, far, søskende osv., at vi i den grad glemmer os selv. Kærlighed er den besked vi får, gennem vores intuition om hvordan vi skal forholde os, til alt det vi oplever. For det vi hver især oplever, er specialiseret på kun, at omhandle os selv. Ved at følge beskeden via intuitionen, formår vi at give den kærlighed til os selv, som vi har brug for, så vi kan give kærlighed til andre. Når vi følger vores intuition, får vi den belønning vi har brug for. Vi får energi fra oven til, at foretage det i livet; som vi er kommet på jord for at udføre.
Jeg går ind igen. Her hilser jeg på en bekendt. Det er en ung franskmand; som jeg har mødt på de sidste alberguer, sammen med ham italiener/belgier; som taler

et underligt mumlende engelsk. Jeg går videre for at lægge mig i seng. Jeg gør mig klar med diverse toiletbesøg. Jeg ser på dagens etape og gør mine notater. Jeg har i dag vandret 44 km. Jeg er kommet en del længere, end jeg planlagde i San Juan De Ortega. Det at jeg i dag har vandret så langt, er for mig en speciel oplevelse. Da jeg i går ankom til Castrojeriz, kunne jeg næsten ikke gå. Der var tegn på, at det kunne være en fibersprængning. I dag er jeg bare så smertefri, at jeg formår at vandre så meget. Det er for mig en konstatering på, at den måde jeg arbejder med mig selv, løser op for eventuelle komplikationer og spændinger, såsom denne fysiske smerte.

Jeg ser på morgendagens etape; som er min 13. På mit oversigtskort er det etape nr. 17. Det går fra Carrión De Los Condes til Sahagún og er på 38 km. Af mellemrefugier er der Calzadilla De La Cueza efter ca. 16 km, Ledigos efter yderligere 6½ km og Terradillos De Los Templarios efter yderligere 3 km.

Jeg lægger tingene til side. Jeg finder mit lille ur med vækker i. Jeg stiller det til kl. 06.30. Jeg laver igen min afslapningsøvelse, med efterfølgende meditation. Igen en dejlig nats søvn, med indbygget tissepause.

*

16

Onsdag d. 23. april vågner jeg, som så mange gange tidligere, før mit vækkeur. Min søvn har ikke været lige så jævn, som tidligere på turen. Måske på grund af den dejlige seng! Jeg ligger lidt for, at mærke mine tanker og følelser. Igen tænker jeg på den lange vandringstur; især på den oplevelse, hvor jeg havde forventet et albergue i Villalcázar De Sirga og måtte gå yderligere 6 km. Jeg morer mig over situationen og griner lidt inde i mig selv. Ja tænk, at tingene kan være sådan forbundne.

Jeg kommer op og gør mig klar. Pakker hurtigt min rygsæk uden system, for ikke at forstyrre de andre 2. Jeg placerer rygsækken i gangen, uden for køkkenet. Jeg gør mit toiletbesøg, hvor jeg også bliver vasket. Jeg finder mit forråd frem og spiser noget morgenmad. Det er noget flutes; som jeg skærer i mindre stykker, for derefter at halvere. Her kommer jeg noget skiveskåret ost, med et par skiver tomat på. Jeg spiser også en portionsyoghurt. Jeg drikker frisk koldt vand. Det sker også at jeg får noget frugt.

Jeg henter mit vasketøj. Jeg tager mit vandretøj på og pakker alt andet ned i rygsækken. Kl. er ca. 07.45, hvorefter jeg er klar til at gå. Jeg siger farvel til de

tilstedeværende og kommer udenfor. Her lyder klokkerne i klosteret. Ja så må jeg konstatere, at de har været i bero hele natten.
Jeg går gennem gårdspladsen, ud gennem porten og kommer ud på vejen. Igen hilser jeg morgenen velkommen og byder mine 2 en hjertelig godmorgen. Min sangstemme kommer i gang i mig igen. Først som godmorgensang for Pia og Jonas. Herefter finder jeg ind til, at synge på min vandren. Det første stykke af etapen, går jeg gennem byens gader. Der er andre; som også er i gang med at vandre. Igen sætter jeg et godt tempo for, at finde frihed til mig selv. Jeg kommer ud af Carrión De Los Condes. Jeg krydser en hovedvej, hvorefter ruten slår et knæk. Jeg kan se nogen; som går foran mig. Jeg vurderer deres fart. Jeg ved at jeg gerne vil hente dem. Min opgave er så at hente dem, så jeg herefter har dem bag mig. Det giver mig en ro og energi til at fortsætte turen. Det er som om, at jeg tanker op med energi, ved at gøre sådan. Jeg henter de 2 hollændere; som jeg delte værelse med. Vi hilser på hinanden. De har i sinde, at gå til Ledigos eller Terradillos De Templarios. Jeg fortæller at jeg vil gå til Sahagún.
De smerter som jeg fik i lårmusklerne, i Castrojeriz, mærker jeg ikke mere til. I dag har mine ben og fødder det fantastisk godt. De er som fornyet til, at gå dagens

etape. Jeg hilser på nogle andre; som jeg også snakkede med i går.
Efter at have gået i ca. $3\frac{1}{2}$ timer, kommer jeg til byen Calzadilla De La Cueza. Her holder jeg mig en mindre pause. Efter mine egne udregninger, har jeg her nået ca. halvvejs til Santiago De Compostela, ca. 376 km.
Jeg er hurtig ude af midtvejsbyen igen, da den ikke er særlig stor. Her henter jeg en kending. Det er ham italiener/belgier. Vi hilser på hinanden, hvorefter jeg fortsætter alene.
Mine oplevelser kommer på forskellig vis. Igen er dyrene til stede. Denne gang er det ikke så meget de store fugle, frøerne eller musene; som tiltrækker min opmærksomhed.

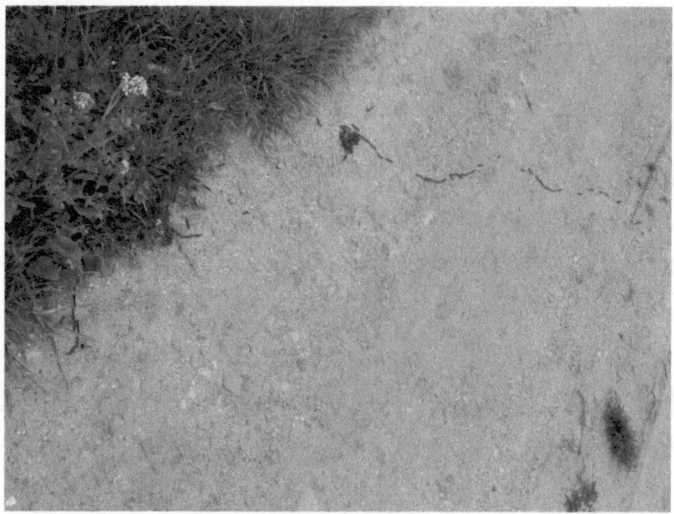

Nej, jeg kigger ned på stien, hvor jeg går. Her er det

som om, der er en lang kringlet stribe, forbundet til en klump. Jeg stopper op og kigger nærmere. Jamen det er et flertal af tusindben; som forholder sig til livet på denne iøjnefaldende måde.

Jeg kommer til en distriktsgrænse. Her går jeg fra Palencia ind i Leóndistriktet. Her fra er der ca. 5 km, en times vandren til Sahagún.

Kl. er ca. 16; hvor jeg ankommer til byen og finder hurtigt alberguet. Det er en kæmpemæssig bygning. Jeg ved ikke hvad der tidligere har været her. Jeg går ind i en slags forrum. Her hilser jeg på forskellige. Der er en som snakker noget engelsk og kender lidt til lokaliteterne. Han fortæller at personalet kommer senere, så jeg kan bare gå ovenpå og finde mig et sted for natten. Han siger at vandet ikke er særligt varmt; men venter jeg et par timer, skulle chancerne være større.

Jeg går oven på og finder mig en udmærket seng. Jeg er tilbage i køjesengemiljøet. Her er der en skummadras og et tæppe til rådighed. Jeg stiller rygsækken fra mig og tager de trykkende støvler af. Mine 2 par sokker kommer også af, og sikken en herlig befrielse. Mit tøj er i dag ikke blevet vådt af regn, da det har været dejligt solskin med spredte skyer. Jeg hænger det lidt svedige tøj til tørre, de steder der er til rådighed, omkring min plads. Jeg lægger mig lidt for

lige at slappe af. Jeg tænker på dagens tur og morer
mig varmt og hjerteligt, over oplevelsen med
tusindbenene.
Jeg står op og beslutter mig for, at tage et bad. Det er
rigtigt nok, det er ikke særligt varmt. Nej det er
nærmest køligt. Det bliver et af de hurtige bade.
Jeg kommer i noget mere afslappet tøj. Jeg hilser på
flere nyankomne, bl.a. et sødt tysk par. De fortæller
mig, at de er ankommet med tog her til, for at gå deres
Camino til Santiago De Compostela. Jeg fortæller dem
om min vandren.
Jeg finder noget mad frem og spiser lidt. Bagefter går
jeg nedenunder. Nu er personalet kommet. De bestyrer
en slags turistinformation og virker samtidigt som
værter for alberguet. Efter den formelle indskriven og
Pilgrimsstemplet, spørger jeg dem om de kan hjælpe
mig, med at finde en netcafé; som er her i byen. Det
kan de, tager et bykort frem og viser mig hvor det er,
ca. 5 minutter her fra. Jeg takker mange gange for
hjælpen og begiver mig på vej. Jeg kigger samtidig
efter et sted at spise. Her viser der sig rundt om det 2.
hjørne, at være en restaurant, hvor de serverer en
Menu del Peregrino.
Jeg finder hurtigt netcaféen; her er der lidt ventetid,
da nogle drenge er i gang med at spille. Cafeværten kan
ikke snakke andet end spansk. Men vi finder alligevel

hurtigt, en forståelse for situationen.
Jeg kommer til og her er så det sædvanlige problem.
Når jeg kommer på en spansk netcafé, er teksten
kørende på spansk. Jeg får værten til at hjælpe mig,
hvor han hurtigt finder den engelske version frem. Jeg
logger mig ind og finder alt den nyankomne post, hvor
jeg svarer de forskellige. Jeg vælger her, at skrive en
beretning til Midtjyllandsavisen. Avisen ved endnu ikke,
at Pia og Jonas er rejst hjem igen og at jeg går
Caminoen alene. Jeg forklarer kort den givne situation
og skriver mine oplevelser på turen. Min beretning
omfatter meget, omkring mine egne personlige
spirituelle oplevelser. Da det er det, der er min mening
med turen, er det jo også det jeg vil skrive om.
Jeg afslutter, betaler og går ud igen. Kl. er nu ca. 18.30.
Jeg går tilbage mod alberguet og slår lige et knæk hen
forbi restauranten, for igen at se på menutilbudet. Jeg
ved ikke helt med mig selv, hvad jeg skal. Skal jeg spise
Pilgrimsmenuen eller skal jeg gå tilbage til alberguet og
lave min egen mad. Her møder jeg min gode ven, ham
ital./belg.. Han spørger om jeg har set den unge
franskmand; som han mødes med ved alberguerne. Ja
siger jeg, jeg har lige hilst på ham for lidt siden. Han
leder efter et sted at spise. Jeg fortæller ham om
Pilgrimsmenuen. Han smiler og spørger om vi ikke skal
spise der sammen. Han vil finde sin ven og så mødes vi jo

bare ved restauranten kl. 19.30. Okay siger jeg og lader det være en aftale.
Jeg går tilbage og lægger mig på sengen. Her kigger jeg tilbage på dagens etape. Jeg er igen stolt af mig selv. Jeg syntes selv, at det er en utrolig flot præstation. I Castrojeriz, var det virkeligt slemt, med mine lårmuskler. Dagen efter går jeg den lange etape, på 44 km. I dag endnu en lang etape på i alt 38 km.
Selvfølgelig kan jeg mærke det på min krop. Men det er for det meste, kun når jeg er nået til det sted, hvor jeg overnatter. Her kommer jeg af med alt bagage, støvler og tøj og kommer i noget mere afslappende kostume med bare tæer i sandaler. Jeg ved også hvorfor.
Når jeg vandrer af sted, med al min påklædning og rygsækken bag på; er jeg som kanaliseret med mit højere jeg, min sjæl. Når jeg er forbundet på sådan en måde, er smerterne dæmpet ned, til næsten ingenting. Jeg formår at holde min fokus, på netop det jeg foretager mig, i det nu, hvor jeg er til stede. Jeg lader mig ikke distrahere af de omgivelser; som har sin indvirken på, hvad jeg foretager mig. Det jeg gør er, at jeg forholder mig til dem uden, at de får lov til at bestemme over, hvad vej jeg skal gå, samt på hvilken måde jeg skal gå.
Når jeg så er på de steder, hvor jeg ikke går, som kan være når jeg holder et lille hvil, en længere pause og

jeg er kommet til det albergue, hvor jeg overnatter. Her sker det, at jeg finder en kontakt i mig selv; som er mere udadvendt og derved mærker jeg mere til min krop. De smerter som jeg nu måtte have, kommer frem i mig. Ikke fordi de er store, men de er der. Jeg bliver heraf mere jordbunden, da jeg mærker min tilstand, i både krop og sjæl.

Jeg går af sted igen for, at spise med de to. Vi kommer indenfor og finder os et bord. Det nyankomne tyske par er her også. Jeg hilser på dem. Jeg får igen en 3-retters menu. Først en salatanretning. Herefter en slags laks med grøntsager. Til sidst en portionsyoghurt til dessert. Vi deler en flaske vin og får også vand til. Vi snakker noget sammen. Vi fortæller hinanden omkring vores oplevelser i forbindelse med Caminoen.

Jeg er tilbage på alberguet lidt i kl. 21. Jeg gør mig klar til natten. Jeg lægger mig og kigger på morgendagens etape. Til El Burgo Raneros er der ca. 18 km Jeg kigger videre frem. Her er der Mansilla De Las Mulas efter yderligere 19 km. Jeg tror på at de 37 km.

, vil være overkommelige for mig. Ellers vil der være en mulighed i Reliegos, 7 km før Mansilla De Las Mulas. Igen lader jeg det hele komme an på i morgen.

Jeg ligger mig til rette. Laver min afslapningsøvelse og mediterer. Jeg føler igen mig selv dejlig rolig og afslappet. Min søvn bliver endnu en gang dyrket uden ørepropper. Jeg må nu tilstå, at det er det bedste, at sove uden ørepropper, frem for med. Jeg føler mig udhvilet, på en meget dybere måde. Det virker på sådan en måde, at roen er nået helt ind til sjælen.

*

17

Jeg vågner igen tidligt, før mit vækkeur. Kl. er ca. 6; jeg ligger og slapper af til tankerne i mig, om hvornår jeg skal beslutte mig, for at stå op. Det bliver så ca. en ½ time senere. Jeg pakker ikke rygsækken her; jeg tager alle sager med hen ved køkkenet, for ikke at forstyrre andre. Jeg går på toilet og vasker mig, hvorefter jeg kommer tilbage til køkkenet for, at spise noget morgenmad. Jeg hilser på andre, som også er stået op. Mine fødder får en dejlig behandling og pakket lidt ind i vabelplastre og alm. plastrer. Kl. er ca. 7.20, hvor jeg er klar til at gå af sted. Jeg siger farvel til de forskellige. Jeg går ned ad den store trappe og kommer udenfor i den dejlige friske morgenluft. Det er tørvejr, uden for mange skyer. Det er ikke helt lyst endnu; solen står snart op, om ca. en ½ time. Der er 2 andre; som starter på samme tid. Jeg går godt til og får mig et forspring til de 2. Det første stykke går gennem byens gader. Da jeg er næsten ude af byen, henter en mand mig. Vi hilser på hinanden. Han sætter sit tempo efter mit, så vi følges ad. Det går godt nok, den næse times tid. Han siger noget til mig ind imellem, hvor jeg undlader at sige for meget. Det er blevet lyst og solen er kommet op over horisonten. Jeg kan mærke, at jeg skal have afstand til manden. Jeg forsøger at sætte farten lidt op; men får ikke nogen særlig stor afstand. Herefter sætter jeg farten ned, så han kommer lidt foran; men ikke tilstrækkeligt. Jeg stopper så for, at holde en tissepause. Hermed får jeg lavet, en tilstrækkelig stor afstand, så jeg kan holde mit fredelige og jævne tempo, uden andres forstyrrende indvirken.

Sidst jeg var sammen med Annie, fortalte hun noget om Caminoen, efter Sahagún. Det er hvor jeg nu er nået til, byen Calzada del Coto. Her deler Caminoen sig, efter mit korts beskrivelse, sig i to. Den til højre foregår i et noget mere kuperet terræn, hvor der skal krydses ca. 10 floder, uden at følge megen vej. Annie har selv gået turen, for ca. 3 år siden. Her var det, at en af floderne ikke havde en bro, så hun måtte gå gennem vandet. Jeg forstod ikke helt på hende, hvor dybt det var; men hun var vist fri for, at skulle svømme. Jeg har selv tænkt over, hvilken vej jeg skal vælge, når jeg kommer til stedet. Her kommer løsningen af sig selv, da der kun er skiltet, med henvisning til en vej. Det er af vejen til venstre. Her er også en del floder at krydse; hvor kortet viser 9 stk.

Jeg fortsætter i mit tempo, finder rytmen i min sang og føler mig dejlig tilpas. Min syngen har siden start, omhandlet det i mig selv; som jeg har haft behov for, at

finde frem i mig selv for, at konstatere min egen tro på mig selv. Først om troen på mig selv. Dernæst følelser i mig selv, som jeg skal arbejde med, at gøre mere klare i mig selv for, at finde forståelsen på alle mine egne opgaver. Som tredje ord er det kærlighed.
Kærligheden, som skal fremhæve mine følelser, så jeg tror mere på mig selv. Kærligheden som er til stede i alt og alle. Vi skal bare tro på vores følelser, som viser denne kærlighed. Disse 3 ord er forbundet til hinanden i os alle, på sådan en måde, som vi nu ønsker det. For svaret på alle de spørgsmål, vi end måtte have, kan vi finde i os selv ved, at forholde os til disse 3 ord. Tro, følelser og kærlighed.
Jeg kommer igennem en lille by, Bercianos del Real Camino. Her holder jeg ingen pause. Jeg drikker bare lidt vand og spiser lidt frugt og nødder. Jeg går og hygger mig, samtidig jeg nipper til mine hasselnødder. Jeg får mig også noget chokolade.
I Sahagún hilste jeg også på en familie. Mand, kone, søn og datter. De er alle af sted på cykel. Jeg er nu nået til El Burgo Raneros. Her går jeg ind på en café og får mig lidt cola cao, samt noget at spise. Her møder jeg igen denne familie. Jeg har mødt dem forskellige steder på strækningen. Konen virker ikke alt for glad, til at køre denne Camino. Manden virker glad og tilfreds og hilser hver gang. Børnene er lidt generte i starten; men er

senere bedre til at hilse. Jeg er der en lille halv time, hvorefter jeg går videre. Jeg kommer hurtigt ud af byen; som heller ikke er særlig stor. Jeg finder igen min rytme, i forbindelse med min syngen: "Tro, følelser og kærlighed jah; de er med mig her, her i mig jah."
Ca. 6 km. inden Mansilla De Las Mulas, kommer jeg igennem en landsby, med navnet Reliegos. Jeg møder ikke så mange mennesker. Ham manden fra i morges, ser jeg ikke mere til. Han er et godt stykke foran mig. Kl. er ca. 15.30 hvor jeg når byen Mansilla De Las Mulas. Jeg finder hurtigt alberguet, hvor jeg beslutter mig for at blive. Værten er der ikke endnu; men vil komme senere omkring kl. 17. Jeg går ovenpå for, at finde mig en seng. Der er allerede kommet en del. Jeg finder en nederst i en toetagers køjeseng. Jeg får stillet rygsækken, klæder mig delvist af og gør mig klar til bad.
Baderummene er ved at blive sat i stand. Det ene virker slet ikke; men de to andre gør. Jeg får mig et tilpas tempereret varmt bad. Hvor skønt at mærke, de opfriskende stråler vand ramme mig og mærke, hvordan de løber ned over min krop.
Jeg kommer op igen og hilser på en ung mand fra Canada; som er nabo til mig. Jeg får mig klædt ordentlig på. Jeg går nedenunder for, at hænge noget tøj til tørre. Der bliver ingen tøjvask i dag. Det ser ud til regn, så jeg sørger for, at tøjet kommer under tag. Jeg går

mig en tur for, at se byen lidt an. Jeg handler lidt ind
for, at få friske forsyninger. Jeg kommer tilbage og
hilser på værten. Han er tysker, så her får jeg brugt
mine tyske kundskaber. Jeg spørger ham om en netcafé.
Han henviser til et hotel, hvor der højst sandsynligt er
en mulighed. Jeg går ovenpå for, at hente nogle papirer.
Her hilser jeg på en kending. Det er min gode ven, ham
ital./belg.
Jeg går mig igen en tur og finder hurtigt hotellet.
Ganske rigtigt, her er der mulighed for, at leje mig ind
på internettet. Der er godt nok kun en computer; men
det er jo også udmærket. Jeg får læst min post og
besvaret dem jeg føler for.
Jeg går tilbage ad en anden vej, rundt i byen. Imens jeg
går her ringer jeg hjem. Jeg har fundet ud af, hvornår
jeg ca. vil ankomme til Santiago de Compostela. Jeg
regner med at være fremme d. 5. maj. Pia reserverer
flybillet, fra Biarritz d. 9. maj, med overnatning på
hotel i Harlow, samt flybillet d. 10. maj fra London
Stansted. Jeg vil så være i Århus om formiddagen kl.
9.45. De har det begge meget godt. Jonas spørger igen
til, hvornår jeg kommer hjem. Jeg forklarer ham
situationen, som han forstår så godt.
Jeg kommer tilbage til alberguet. Jeg går ovenpå og
finder min proviant frem. Jeg går ud i køkkenet for, at
lave mad. Her sidder seks personer og spiser. De er

tyskere; som jeg hilser på. De virker meget søde. Jeg får mig igen noget dejligt mad; som giver mig forøget energi. Jeg snakker en del med dem. En ung tysk kvinde fortæller mig, at hun startede sammen med hendes kæreste. De har senere delt sig. Hun syntes, at det virkeligt var godt, at dele sig. Det har givet hende en frihed til ikke, at skal tage for megen hensyn til kæresten; som så har givet hende fornyet energi. Bagefter vasker jeg op og rydder på plads.

Jeg går op igen, hvor jeg lægger mig og slapper af. Jeg kigger tilbage på dagens vandretur. Det har igen været en begivenhedsrig dag. Når jeg går, kommer der beskeder til mig; som åbner op for min visdom. I dag fik jeg oplyst, om de symboler vi bruger til, at markere det vi står for. Der er korset. Der er rygmærker. Der er flag. Der findes rigtig mange, forskellige former for symboler. Hver især udtrykker de nogle følelser, hos den enkelte; som fortolker symbolet. Alle symboler har det tilfælles, at de symboliserer kærlighed. Der er bare, ligeså mange forskellige måder, at vise det på. Jeg ser også på morgendagens etape. Her kommer jeg til storbyen León, allerede efter 17 km. Jeg regner med, at fortsætte til næste Refugie; som er i Villadangos Del Paramo, endnu 22 km; altså i alt 39 km. Jeg beslutter mig for, at gøre mig klar til natten. Kl. er ca. 20.40, hvor jeg føler for at lægge mig, da jeg har brug for, at slappe rigtigt godt af. Jeg laver igen min afslapningsøvelse og mediterer lidt. Jeg laver også noget selvhealing.

*

18

Min nat forløber sig som den plejer. Jeg vågner igen kl. 6.15 og føler mig dejlig udhvilet. Jeg ligger lidt og tænker på denne dag, fredag d. 25. april. Efter min nye plan, har jeg 11 dage til, at gå de resterende 325 km. Det er i gennemsnit ca. 30 km pr. dag. Jeg kommer op. Det er ikke alle som er vågnet. Jeg samler alle mine ting; som jeg stiller i rummet ved siden af sovesalen. Jeg får mig vasket og spist morgenmad. Jeg samler mit tøj ind fra tørresnoren og går op for at pakke. Mine fødder gennemgår jeg for sår; som får plaster på. Kl. ca. 7.50 er jeg klar til at gå. Min ven ita./belg. er gået for et kvarter siden. På vej ud hilser jeg på et ungt slovakisk par. Vi ønsker hinanden en god Camino.
Mine tanker går til, at ønske dagen godmorgen, samt en hjertelig godmorgen til min familie, Pia og Jonas.
For et par dage siden fik jeg en åbenbaring. Jeg husker ikke mere hvilken dag den var; som heller ikke er så vigtigt. Det var en åbenbaring på, hvorledes jeg er klar til at give slip, på mine forældre, søskende, onkler, tanter, kusiner, fætre og hvad der ellers findes under beskrivelsen familie. Jeg er altid blevet en del forvirret, når jeg skulle omtale de andre nævnte, som min familie. For hvad dækker ordet familie egentlig?

Ja, se det er det min åbenbaring går ud på, så jeg slipper for min forvirring. Når vi bliver født er vores familie, de forældre som vi har valgt, samt evt. de søskende; der er med. I den tid vi bor hjemme, i vores forældres rede (hjem); er dem i reden vores tætte familie, og ikke andre. På et tidspunkt er det så vidt, at vi flyver fra reden; altså flytter hjemmefra. Vi forlader og giver slip på den energi; som omfatter hjemmets familie. Vi har nu for opgave, at finde ind til vores egen familieenergi. Vi er blevet vores egen tætte familie. Dvs. at vi skal give slip på vores forældre og søskende, som den opfattelse af, at de er vores tætte familie. Jeg kalder dem i stedet for, min slægtsfamilie. Vores forældre, vil altid være vores forældre og vores søskende, vil altid være vores søskende. Det vil situationen ikke ændre på. Vi er, som vi nu står, alene vores egen familie; og har herefter mulighed for, at udbygge den med en mage og hvad deraf følger. Vi skal altid huske, at ordet familie er symbol på den kærlighed, vi opnår ved at være en forenethed. Vi skal bare passe på, hvordan vi bruger denne energi, da vi kan komme til, at holde fast på vores forældre, som mor og far, fra vi var børn og efterfølgende som voksne. Samt at vi ikke holder fast, på vores døtre og sønner, som børn, når de er blevet voksne. For glem ikke, at vi fortsat skal ære den kærlighed; der fortsat er i

forbindelse med, vores forældre og søskende, samt til vores sønner og døtre. Vi skal bare kalde dem, ved det passende navn for, at ære og tilpasse sig den kærlighed, vi hver især har i os.
I forbindelse med denne åbenbaring, fik jeg også en anden; som virker meget personligt; men gerne skal ses på en symbolsk måde. Det er i hvert fald sådan, at jeg ser på den, da det har betydning for min udvikling. Min mormor fyldte d. 28. juni 2003 90 år. Vi vidste i god tid besked, om forestående fest og fik da også en indbydelse sidst i marts måned. Vi vidste endnu ikke, om vi ville med; så vi lod det vente til efter Caminoen, med at give svar. Jeg vil nu fortælle hvordan i ord, min åbenbaring kom til mig: Jeg tænkte på den forestående fest og spurgte mig selv, om det er meningen at Pia, Jonas og mig, skal med til festen. Her ville jo komme mange med, bl.a. dem som jeg er i slægtsfamilie med. I invitationen er det gjort til en stor familiekomsammen. Det passer ikke sammen med, min opfattelse og forvirrer mig. Jeg spørger så mig selv, om der er nogle iblandt de indbudte; som jeg vil have, at vi skal sidde til bords ved. Jeg ser så visuelt, hvordan alle sidder ved bordene og finder svaret, at der ikke er nogen; som jeg vil have at vi skal sidde sammen med. Jo der er Dorte og Frank; men de er ikke indbudte. Jeg vil så sige til mine forældre, at vi gerne vil komme med, hvis vi kan komme

til at sidde ved siden af Dorte og Frank. De svarer mig
så; at de jo ikke er i familie. Fint, dette accepterer jeg
fuldt ud og jeg siger så, at vi ikke vil komme, da vi heller
ikke føler os i familie.
Denne dag, d. 12. oktober 2003, hvor jeg skriver dette,
får jeg et helt entydigt svar. Der er simpelthen ikke,
nogen ledige stole til os ved bordene. Alle er optagne.
Det vi skal gøre er, at melde fra til festen, og derimod
være sammen med Dorte og Frank. Det vi gjorde var, at
melde fra til festen og aftalte at mødes med min
mormor, søndag d. 29. juni, til kaffe og rundstykker,
sammen med Dorte og Frank. Min mormor havde gjort
det dejlige, at invitere min moster Minna med.
Jeg fandt ind til at synge en godmorgensang for Pia og
Jonas. Herefter fandt jeg ind til at synge: "Pia og Jonas
ja, vi er min familie her ja." Hvor gav det mig dejlig
energi, til at vandre. Mine tanker kom kort ind, på
gårsdagens oplevelser. Mine tanker kom mere ind på,
hvad dagen i dag mon vil bringe mig. Jeg vidste at i
storbyen León, ville jeg ikke blive.
Min vandren bringer mig igennem forskellige små byer.
Efter en lille time er det Villamoros de Mansilla. 25 min.
senere er det Villarente. Ca. en time yderligere kommer
jeg til Arcahueja. Derefter indenfor 1 time, kommer jeg
til Valdelafuente og Puente Castro. Inden Puente
Castro, kommer jeg til en omfattende, nyanlagt

motorvej og hovedvej. Jeg mærker en begyndende
kraftig energi, i forbindelse med León. Den virker ikke
behagelig; men er endnu ikke så voldsom. Jeg kommer
ind til León og må efterhånden opgive min sang, for at
holde min fokus på tegnene. Det virker mere og mere
forvirrende, jo længere jeg kommer ind mod centrum.
Jeg kigger samtidig efter et apotek for, at købe en
tube creme med kamfer. Jeg finder et par steder; men
kan ikke gøre mig forståelig nok. Der er ikke nogen; der
forstår ordet kamfer. Jeg finder en grønthandler og
køber nogle æbler og bananer. Jeg spiser det ene æble,
imens jeg går. Da jeg kommer ind mod kernen, er æblet
ikke længere godt. Jeg smider det væk og spiser det
andet æble, som så ikke fejler noget. Jeg kan mærke,
at energien efterhånden er gået mig til hovedet. Jeg
bliver lidt irritabel over det dårlige æble. Min irritation
påvirker mig så meget, at jeg går forkert, da jeg ikke
finder tegnene. Jeg forholder mig roligt og jordbunden,
i min tro på, at jeg nok skal klare mig igennem.
Jeg leder efter tegnene. Jeg lader min intuition føre
mig. På et tidspunkt spørger jeg en mand om vej. Derved
finder jeg ud af, hvor jeg ca. er. Han forklarer mig på
spansk, vejen jeg skal følge. Der er en flod Rio Bernesga
vist på kortet. Han siger, at ved at følge hans
vejvisning, vil jeg snart komme til denne flod. Jeg
takker ham og går videre. Jeg kan se på kortet, hvor

jeg er på vej hen. Efter min egen overbevisning er jeg gået til venstre, hvor jeg i stedet skulle, have fulgt tegnene til højre.
Jeg kan mærke at jeg nærmer mig floden. Jeg spørger igen en mand for, at være helt sikker. Han giver også et svar, kun på spansk. Jeg kommer over floden i en park. Her er dejligt at gå. Her virker det ikke så kaotisk. Jeg møder et par søde damer. Vi hilser på hinanden. De kan noget engelsk; så fra dem får jeg en bedre forståelig vejforklaring. Vi følges ad et stykke vej. De spørger til forskellige ting, i forbindelse med min Caminovandring. De er også meget imponerede over, at jeg går hele turen, fra Saint Jean Piet De Port til Santiago De Compostela. Jeg siger farvel til dem og leder efter skilte, mod byen Astorga. Den er ca. 50 km længere fremme på Caminoen. Jeg kan mærke en stærk følelse, igennem min intuition; som fortæller, at jeg finder skilte mod Astorga, hvor ud fra jeg på kortet, kan se hvor jeg er. Her er det første skilt. Jeg kan mærke, at jeg får min egen energi forstærket. Men jeg kan så sandelig også mærke, en kraftig modstand i mig. Denne modstand har oparbejdet sig i mig, efter min ankomst til León. Dette kræver meget indre styrke.
Jeg kommer ud at gå, i forbindelse med en stærkt befærdet hovedvej; hovedvej N. 120 til Astorga. Jeg må holde kraftigt fokus, på min egen koncentration, for

ikke at skabe panik i mig selv. Jeg går med mit blik fast rettet ned foran mig, et par meter foran mig; samtidig med at jeg synger min sang. Jeg skifter fra at synge inde i mig selv og til at synge højt for mig. Mange biler og mange store lastbiler drøner tæt forbi mig. Jeg må ind imellem stoppe min sang, for at råbe mig selv op. På et tidspunkt bliver det mig for meget. Følelserne kommer op i mig, hvor jeg fornemmer at opgive. Jeg råber på Gud, og spørger: "Hvorfor kære Gud, forlader du mig her. Tag mig hvis det er det; der skal ske." Jeg siger til mig selv, at jeg bare kan stille mig ud foran en lastbil; hvor det hurtigt vil være overstået, og at jeg får fred. Men mine følelser, dybt inderst inde i mig, fortæller noget andet. Jeg fortsætter i hvert fald med at gå. Jeg kan mærke at det, at jeg går videre, giver mig en forstærket energi. Men det er så sandelig noget, jeg må kæmpe for. Hvor er det bare skønt at mærke, hvor stærk en vilje jeg har.

Jeg ser på kortet; som viser at den vej jeg følger, snart støder sammen med den vej, hvor tegnene er. Min tro på, at jeg snart ser et tegn, bliver for mig konstateret. Jeg bryder ud i et glædesudbrud over, at se et stort blå skilt, med symbolerne af en Pilgrim og en muslingeskal. Følelserne kommer op i mig, så jeg græder.

Her fra León er der ca. 21 km til næste albergue, i byen

Villadangos Del Paramo. Jeg ved at jeg ikke skal blive her. Energien i mig er også så god, at jeg sagtens kan gå videre. Jeg kommer forbi et vejarbejde, med en afspærring for. Jeg finder et hul i hegnet og finder derved den nemmeste vej videre. Jeg kommer igennem nogle små gader, med tæt bebyggelse, hvor der er nogle i vinduerne. Den ene, en ældre sød kvinde, hilser på mig og viser vejen frem jeg skal gå. Jeg hilser igen og takker mange gange. Jeg finder ud på ruten igen. Jeg går frisk til derudad.

Jeg spiser lidt imens jeg går. Jeg føler ikke at jeg skal stoppe, for at spise her i området. Jeg finder igen min faste rytme med min sang. Jeg tænker tilbage på turen igennem León. Jeg er virkelig glad og stolt over, at have gjort det, som jeg nu har gjort. Det har været tørvejr indtil León. Midt i byen var det begyndt at regne. Det er stadig overskyet; men tørvejr. Skyerne ser tunge ud, i den retning hvor jeg skal gå, så det ser ud til mere regn.

Ruten frem, følger jeg hele tiden den store hovedvej. Det er dog blevet noget nemmere at gå her, efter at jeg har forladt León. Jeg møder tit forskellige Pilgrimsvandrere, hvor vi hilser på hinanden. Jeg kommer igen til en nyanlagt motorvej; som jeg går under. Her er også bilister; der dytter og hilser. Det begynder igen at regne. Det tager mere til, jo længere

jeg kommer hen. Jeg er nu fuldt beklædt med regntøj.
Bukser, jakke samt regnslag til rygsækken. Endelig,
efter mange timers opslidende vandren, når jeg til
dagens mål, Villadangos Del Paramo. Regnen står
kraftigt ned. Jeg når hurtigt frem til alberguet. Det
ligger ud til vejen. Jeg går indenfor. Her er endnu ingen
vært. Jeg går rundt for, at finde mig et egnet sted at
sove. Der er opdelt på en måde; som en slags kupéer.
Jeg finder et sted, hvor der endnu ikke er andre. Jeg
får stillet min rygsæk. Jeg tager mit våde tøj af og
finder steder, hvor det kan hænge. Jeg får mig et bad,
som ikke er helt koldt; men så sandelig heller ikke er
særligt varmt. Jeg går tilbage til min seng og lægger
mig i soveposen for, at hvile lidt samt for at få varmen.
I mens jeg ligger her kommer der et par bekendte. Det
er det unge slovakiske par; som jeg hilste på i morges.
Vi hilser og får en dejlig snak sammen. De får sig også
et bad og hænger deres våde tøj op. De kommer tilbage
og lægger sig lidt. Vi får præsenteret os for hinanden.
De hedder Ivanna og Micho (på dansk Michael). De er
meget søde og har meget gåpåmod. Jeg kan mærke at
Ivanna er den, med den stærkeste tro, på sig selv samt,
at hun vil klare sig bedst. De går en tur for at handle
ind. Jeg bliver liggende lidt endnu. Jeg kigger på dagens
etape og gør mine notater. Jeg tænker igen tilbage på
dagens oplevelser. Det er godt nok noget; som har sat

mig på en prøve. Det er for at finde ind til, hvor stærk min vilje, tro og tålmodighed er. Mine følelser kommer igen frem i mig, hvor jeg spørger mig selv med en stolthed, da jeg selv kender svaret: "Kan det virkelig passe, at jeg kan klare sådan en opgave." Igen forbinder jeg en episode med Jesus. Her er det hvor han hænger, korsfæstet på hans eget krucifiks. Han råber til Gud: "Kære Fader, hvorfor har du forladt mig. Hvorfor lader du mig ikke udstå mine pinsler?"
Jeg går lidt rundt og hilser på forskellige, bl.a. den unge mand fra Canada; som jeg mødte i går. Jeg går ud for, at trække lidt frisk luft. Her møder jeg Ivanna og Micho. De fortæller, at der kun er 5 min. gang til butikken. Jeg beslutter mig for, at gå af sted og handle. Det er holdt op med at regne; men det blæser noget, så luften føles kølig. Jeg finder butikken og får handlet godt ind. Jeg kommer tilbage og gør mig klar til at lave mad. Jeg får mig noget dejligt energigivende mad; som også giver mig mere varme og ro.
Værten er også kommet. Jeg får mig indskrevet samt stemplet mit Pilgrimspas. Jeg har efterhånden, fået fyldt mit pas trekvart op. Det er godt nok flot med alle disse 24 forskellige stempler. Jeg finder mobiltelefonen frem og ringer hjem. De har det stadig godt. Jeg fortæller Pia om dagens oplevelser. Hun er godt imponeret over det skete.

Jeg føler mig efterhånden noget træt. Jeg går på toilet for, at gøre mig klar til natten. Her sker der noget specielt. Det toilet jeg går ind på, har en dårlig lås. Da jeg skal ud igen, binder den så meget, at jeg ikke kan få den op. Der er ikke nogen i nærheden; som kan hjælpe mig. Jeg må kravle over væggen for at komme ud. Jeg fortæller ikke situationen til nogen, da jeg er lidt forlegen over handlingen.

Jeg finder min seng og klæder mig af. Jeg lægger mig i soveposen og slapper af. Sengen er lidt kortere, end de andre jeg har haft. Jeg lægger mig diagonalt, så jeg bedre kan være her. Jeg laver min afslapningsøvelse og mediterer efterfølgende. Jeg sover igen uden øjepropper. Vi er ikke så mange. Det er også som om, at jeg har fundet en bedre indre ro, til at sove uden øjepropper. Pga. den lidt kortere seng, får jeg ikke så jævn en søvn. Jeg vågner flere gange, da det generer mig meget.

*

19

Jeg vågner igen mellem 6 og 6.30. Jeg føler, at jeg ikke gider stå op, og bliver liggende lidt endnu. Lidt over 7 står jeg så op. Det er lidt sent; men nødvendigt. Ivanna og Micho står også op. Jeg får mig vasket og kommer i tøjet. Jeg sætter mig ned og får noget morgenmad. Jeg går ind og børster tænder og skal lige på toilet for sidste gang. Jeg mærker i døren fra i går. Den er stadig låst. Jeg fortæller stadig ikke nogen omkring situationen. Da jeg er færdig på toilettet, vælger jeg at tage en rulle toiletpapir med, hvor der i forvejen, er lidt papir tilbage på. Det er den eneste gang på hele turen, at jeg har lidt toiletpapir på mig.
Jeg gør mig helt færdig og er klar til at gå, ca. kl. 8.20. Ivanna og Micho samt canadieren er kommet af sted. Vejret er overskyet og køligt. Det regner ikke; men luften føles lidt fugtig. Jeg kigger op mod himlen og føler en tilfredshed sprede sig i mig. Jeg siger tak for stedet, går af sted og hilser dagen godmorgen. Igen synger jeg min hilsen til Pia og Jonas.
Jeg går langs hovedgaden i Villadangos Del Paramo. Her er endnu ikke megen trafik. Jeg kommer forbi det næste albergue i byen og hilser på forskellige. Jeg kommer ud af byen og finder ind til en sang; som jeg kan

gå til. Det er igen min familiesang. Hvor er det dejligt, at gå her og bare bekræfte sig selv.
Jeg finder bedre og bedre ind i min rytme og får en god fart på. Jeg henter forskellige, bl.a. et par unge piger. Det er for mig en sjov energi; der opstår når jeg møder nogle, af det modsatte køn. Især når de har en smuk udstråling. Det er mit ego; der visualiserer følelser, i mere fysisk format for, at overgå min intuition. Med andre ord, er det mine seksuelle tanker. Min intuition fortæller mig, at jeg skal holde mit tempo og gå fra pigerne. Mit ego fortæller mig noget andet, om at jeg skal følges med dem. Jeg lytter; som så mange andre gange, til min intuition. Jo længere fra pigerne jeg kommer, des mere finder jeg tilbage til min egen energi, samt en mere rolig vandrerytme.
Efter at have gået ca. 10 km, på ca. 2½ timer, kort forinden byen Hospital De Órbogo; ser jeg den unge canadier. Jeg føler mig på en måde draget af ham. Jeg tænker på, om jeg mon henter ham. Jeg holder en fast afstand til ham, på ca. 500 m. Han ved at jeg er efter ham og holder derved selv en god fart.
På den anden side af Hospital De Órbogo, deler ruten sig. Jeg stopper op, finder mit kort frem og ser her på ruten. Jeg kan vælge mellem, at følge landevejen helt til byen Astorga, ca. 16 km.; eller ind over et kuperet terræn, hvor trafikken er væsentlig mindre, også til

Astorga; men ca. 18 km. Jeg kigger i retninger af begge ruter og ser efter om der går nogen. Jeg ser canadieren er drejet fra landevejen. Jeg føler mig draget til at gå samme vej. Men så kommer pigerne igen i mine tanker, om hvilken vej de mon vælger. Så må jeg sige til mig selv: "Hvad kommer det mig ved, hvad de andre gør. Jeg skal finde ud af hvad jeg skal". Jeg vælger at forlade landevejen og følge efter canadieren. Straks efter kommer der tanker til mig, at jeg jo er glad for, at gå noget afsides, væk fra trafikken, så jeg får mere fred og ro.

Jeg finder igen ind til min sang og rytme. Jeg går godt til, og tænker på om jeg kan hente canadieren. Jeg kan se at afstanden bliver mindre, men hentet ham, får jeg endnu ikke. Jeg kommer igennem små landsbyer. Når det har regnet er her gerne meget mudret, da kreaturerne går meget frem og tilbage. Beboerne ser meget harmoniske ud. Larm er der ikke meget af, måske en enkelt traktor. Til gengæld høres den jo, så det mere. Det giver alt sammen en følelse, af sådan en smuk fuldstændighed.

Jeg følger en ikke asfalteret vej. Her er kuperet med lidt klipper, træer og andet grønt. Vejret holder stadigvæk tørt. Det er blevet lidt lunere, ca. 15 grader og snart middag. Den eneste gang, hvor jeg ikke er tæt på et toilet, skal jeg lave pøller. Her sker der noget specielt. Jeg går lidt afsides, stiller min rygsæk fra mig og finder mig et egnet sted, imellem nogle træer. Jeg finder mit toiletpapir frem; som jeg for denne ene gang, har taget med på turen og sætter mig ned. Jeg kigger mig lidt omkring; og hvad ser jeg. Oppe på en gren ligger en papirløs brugt toiletrulle. Jeg smiler og griner lidt af denne prekære situation. Ja dette er åbenbart et godt benyttet toilet, hvor toiletpapiret er brugt op.

Jeg kommer op, får sat mit tøj, får rygsækken på og finder igen min rytme i at gå. Jeg har gået i vel ca. 10 min., hvor jeg møder min canadiske ven. Han sidder dejligt afslappet og nyder sin frokost. Vi hilser på hinanden, hvorefter jeg fortsætter.

Okay tænker jeg. Nu hvor jeg er foran ham, kan jeg mon så holde det sådan. Jeg går derudad med min sang og nyder stadig den dejlige luft og den smukke natur. Kort tid efter føler jeg mig sulten. Jeg finder et egnet sted og får her min dejlige frokost. Canadieren kommer forbi, hvor vi igen hilser.

Ca. 5-6 km inden Astorga er der, efter kortets beskrivelse, et krucifiks. Da jeg kommer til området kigger jeg efter det; men får ikke øje på det. Jeg fortsætter fortrøstningsfuldt derudad. Jeg er forinden begyndt at se Astorga. Det er ingen storby; men alligevel med en pæn størrelse. Jeg kommer tættere på og kan efterhånden, høre høj musik komme fra byen. Jeg kan ingen steder se, hvor musikken kommer fra. Det lyder som om der er en slags byfest, et eller flere steder. Mit tempo sænker sig, når jeg kommer til en by; ligesom for at forene mig med mig selv og derved bedre kan være i miljøet. Den første bebyggelse ser ud til, at være en forstad. Senere går jeg over jernbanen. Herefter går jeg opad, ind i selve byen. Jeg følger mærkerne, uden problemer. Efter kort tid kommer jeg til alberguet. Kl. er ca. 13.30. Her er lukket og åbner først kl. 15. Her er efterhånden kommet en del. Jeg går om bagved i en kæmpe have. Det er nærmere en park, med store flotte træer. Her er en del græs med stier imellem. Jeg går gennem parken og hilser på forskellige. Jeg sætter mig på en bænk ved en mur, hvor der er udsigt over byen og landet mod Santiago De Compostela. Jeg nyder lidt at spise og drikke. Jeg hilser på min unge canadiske ven. Jeg kigger på kortet og ser efter hvor jeg ellers kan gå hen. Der er Murias De Rechivaldo efter ca. 4km og Santa Catalina De Somoza efter yderligere ca. 5km. Santa Catalina De Somoza lyder som et dejligt og smukt sted. Ca. 9 km at gå, et par timer er ikke så slemt. Efter ca. en ½ time vælger jeg at gå videre. Jeg hilser igen på forskellige. Jeg finder mærkerne, som fører mig op på en stor plads, hvor der også er en flot og stor kirke. Eller det er måske en katedral? Jeg ved det ikke, det er heller ikke så vigtigt for mig. Vejret er blevet rigtigt dejligt, med flot solskin.

Jamen hvem er det jeg ser. Der er jo min gode ven, ital./belg.; som går og kigger vinduer. Vi smiler og giver hinanden et stort kram. Vi får en lille sludder. Han får en forbipasserende til, at fotografere os sammen. Han har også valgt at gå videre. Han fortæller, at han vil gå helt til Rabanal Del Camino, ca. 20 km længere fremme. Jeg fortæller ham om mine planer for dagen. Vi prøver at finde mærkerne; men det lykkedes ikke. Vi kommer dog af sted og går en lille omvej.

Han er en meget sød og rar mand. Han snakker meget, da han er meget usikker på sig selv. Jeg følger min intuition og kan derved finde frem, til den vej jeg skal gå. Ca. 500 m. fra hvor vi kommer på ruten igen og samtidig skal dreje til venstre, flakker han forvirret rundt for, at spørge om vej. Han er på vej over til den modsatte side. Jeg forsøger at råbe ham an, da der kun er 100 m. til vi skal dreje, men han hører mig ikke. Han kommer tilbage og fortæller mig, at vi skal dreje lige herhenne. I det samme viser jeg ham et stort skilt, med henvisning til Pilgrimsruten. Vi griner over situationen og går rask videre.

Kort efter er vi ude af Astorga. Han er ved at blive mig for meget. Hans snakken giver mig ikke den ro, jeg har brug for. Jeg sætter mere tempo på. Først prøver han

at følge med; men må kort efter slippe. Jeg finder igen ind til, at synge min familiesang, afvekslende lidt med det, jeg også tidligere har sunget.
Efter et par km. kommer jeg til næste lille by, Valdeviejas. Den er noget speciel. Næsten alle husenes døre og vinduer er malet med en samme mørkgrøn farve. Der er enkelte; som har en mørkrød farve. Her møder jeg et selskab; som ser ud til at være på rundvisning i byen. De ser meget pæne og fine ud.
Efter yderligere en ½ times vandren kommer jeg til Murias De Rechivaldo. Jeg besøger alberguet, hvor jeg hilser på forskellige. Det er for at få mig et stempel. Der er ingen værter og stemplet er gemt væk. Jeg kan mærke her skal jeg ikke være. Herefter siger jeg adios og går videre.
Jeg er også kommet en del opad. Jeg kigger tilbage og ser ud over byen Astorga, fra en anden vinkel. Ind i mellem, føler jeg ind i mig selv og tænker på hvor jeg er. Mig lille mand står her nu på denne vej på denne pilgrimsrute, ca. 6 km. uden for Astorga, efter at have tilbagelagt ca. 520 km, 2/3 af hele Caminoen. Det er bare sådan en vidunderlig skøn fornemmelse, at bekræfte mig selv, i det jeg gør. At tænke på at Pia og Jonas er ca. 2300 km fra mig. Og alligevel ikke længere væk end, at de er med mig her på min Camino.
Jeg fortsætter igen med at gå. Efter yderligere ca. 3

kvarter, kommer jeg til Santa Catalina De Somoza. Det er en gammel lille landsby. Meget stille og rolig. Jeg mærker en uhygge over byen; men kun symbolsk, da det er mange år siden, uhyggen fandt sted. Det jeg mærker, er tilstedeværelsen af ånder fra den tid. Men de er i dag harmløse. Jeg spørger en pæn ældre mand om vej, hvorefter jeg finder alberguet. Jeg er ikke den første. Her er yderligere to venner; som kommer fra Holland. Jeg hilser på dem. Jeg kan mærke på dem, at de har et anspændt forhold. Jeg får at vide, at værten til alberguet, skal jeg finde i en café lidt her fra. Jeg følges med de andre derhen. Jeg får stemplet mit pas. Indskrive mig skal jeg gøre henne i alberguet. Jeg får mig også noget at drikke.

Jeg går tilbage og pakker mine ting ud. Jeg går ovenpå og får mig et dejligt lunt bad. Det er bare godt. Bagefter går jeg ned og skriver mig ind. Jeg hænger mit våde tøj på snoren, udenfor i solen. Jeg tager nogle ting med mig og lægger mig i det grønne græs. Her gør jeg mine notater for dagens etape. Jeg tænker tilbage på dagens oplevelser, især den med mit toiletophold. Jeg morer mig over, at opleve sådan en situation. Jeg ringer til Pia og Jonas, og fortæller Pia om mine oplevelser. Hun griner også, hvorved vi hygger os sammen. Jeg kigger på morgendagens etape, min den 17. til Rabanal Del Camino er der ca. 11 km. Der er jeg inden

middag. Jeg kigger videre. Her er flere muligheder.
Foncebadón efter 17 km, Manjarin efter ca. 21 km, El
Acebo efter ca. 28 km, Riego De Ambrós efter ca. 32
km, Molinaseca efter ca. 38 km og Ponferrada efter ca.
43 km. Det giver mig nogle steder, at vælge imellem.
Det vil jeg lade komme an på i morgen.
Lidt efter kommer de to hollandske venner. De sætter
sig ned, hvor vi får en snak. Det er som om den ene vil
overgå den anden, overfor mig. Det ender med at de
bliver sure og råber ad hinanden, hvorefter den ene går
væk. Ja ja tænker jeg, kan de ikke bare være sig selv,
uden at dømme. De går Caminoen sammen, hvor de tager
for meget hensyn til hinanden og får ikke sagt fra,
hvorved de tilsidesætter sig selv. Det ender så med, at
de bliver sure på hinanden. Det er netop hvad der for
det meste sker, at man har så svært ved, at sige det vi
føler!
Jeg er ved at blive sulten. Jeg går hen på caféen og får
mig noget at spise. Det er en stor Bogadillos; som gør
godt. Jeg får noget appelsinjuice og cola cao til. Den
ene hollænder sidder i baren og får sig en øl.
Fjernsynet kører med et program på spansk, som jeg
ikke forstår.
Bagefter går jeg udenfor, ser mig lidt omkring og går en
lille tur. Jeg kommer tilbage til alberguet, hvor mit tøj
næsten er tørt. Der er kommet et par mere. En kvinde

og en mand. Jeg hilser på dem. Jeg går ind og hilser på den anden hollænder. Han har dårlig samvittighed over episoden fra tidligere og beklager sig over hans ven. Jeg siger lidt og går på toilet.

Bagefter går jeg ned, lægger mig i sengen, underviser mig selv i spansk og kigger igen på etapen for i morgen. Det bliver spændende at se hvor langt, jeg kommer til at gå. Herefter gør jeg mig klar til natten. Jeg laver min afslapningsøvelse og mediterer. Buenos noches!

20

Jeg vågner søndag d. 27. april efter, at have fået en udmærket søvn, med min sædvanlige indlagte tissepause. Kvinden og manden er stået op og er ved at gøre sig klar. Ca. kl. 6.30 står jeg forsigtig op. Jeg samler mine ting og bærer dem ud i entré- rummet. Jeg gør mig færdig med toiletbesøg og vaske mig. Jeg får mig lidt morgenmad, siddende på trappen op til 1. sal. Herefter smører jeg mine fødder i creme og kommer plastre på. Jeg har ikke mere brug for vabelplaster, da der ikke er kommet flere vabler. Ca. kl. 7.20 går jeg ud af døren efter, at have sagt farvel til de forskellige. Byen er meget lille, så jeg er hurtigt ude på landet. Vejret er køligt, med meget få skyer på himlen. Inden for en ½ times tid, kommer solen op. Så det ser bare så dejligt ud. Jeg hilser dagen velkommen og synger min morgensang til Pia og Jonas. Min sang går efterhånden over til, at handle om min familie. Jeg ser bagud og får øje på den ene hollænder. Det er ham; der drak en øl i baren, da jeg spiste. Han henter mig hurtigt. Vi hilser, hvor jeg spørger til hans ven. Han siger at det er bedst, at gå af sted alene for dem begge. Ja det kan jeg jo kun give ham ret i. Vi ønsker hinanden "buen Camino", hvorefter han sætter farten op og tager afstand til mig.

Jeg følger en asfalteret vej, hvor der af og til er mulighed for, at følge en sti langs vejen. Det går stille og roligt opad, ikke de store stigninger. Efter en lille time når jeg den første by, El Ganso. Her hilser jeg på forskellige; som starter fra stedets albergue.

Jeg går videre, holder mit tempo og synger videre på min familiesang. Efter yderligere ca. 3/4 time når jeg byen Rabanal Del Camino. Det er en pæn lille by. Jeg pauserer på en café, hvor jeg får lidt at spise og drikke. Her hilser jeg igen på forskellige, inkl. andre Pilgrimsvandrere.

Efter ca. 3 kvarter går jeg videre. Jeg kommer hurtigt ud af byen, hvor jeg igen finder ind til mit tempo og synger min sang. Her bliver stigningerne kraftigere. Jeg vil nå op i ca. 1500 meters højde. Dette sker ved Cruz De Hierro, om ca. 7 km. Det er det meget omtalte krucifiks, hvor mange lægger en medbragt sten. Jeg er efterhånden nået så langt, i min egen forståelse, at jeg ikke skal lægge en sten, når jeg kommer frem til krucifikset. Hvad jeg så skal aflevere der, ved jeg endnu ikke; om jeg i det hele taget skal lægge noget. Jeg møder efterhånden flere mennesker, jo nærmere jeg kommer til korset. Mange er gående, som jeg overhaler. Der er en del på cykler. Der kommer også en del biler, samt nogle få busser. Jeg kan mærke, at det

er blevet til et meget besøgt sted, for turister.
Følelserne presser på, jo nærmere jeg kommer stedet.
Selv om det er på et meget helligt sted, langt oppe i
bjergene, fjernt fra en storby; føler jeg en kraftig
energi af materialisme.
Vejret er dejligt flot solskin, med en kølig temperatur.
Jeg lægger mærke til et ungt par på cykler, i stramme
cykelshorts og T-shirts. Vi hilser kort og ønsker
hinanden god Camino

Jeg kommer så frem til krucifikset. Her sker der noget.
Jeg kan mærke at materialismeenergien, har en central

figur her. Der holder flere biler parkerede omkring stedet. Jeg lægger mærke til, at der ankommer en stor turistbus; som forsøger at finde et sted, at parkere. Her er en del mennesker, bl.a. det unge par på cykler. Pigen beder mig om, at fotografere dem, med deres engangskamera. Jeg smiler til dem og siger: "Si, yes off course". De kravler lidt op på bunken af sten. De takker begge to, hvorefter vi siger farvel og god Camino til hinanden.

Jeg tænker på hvad jeg skal aflevere her. Imens jeg går op mod korset, finder jeg et Salemkort frem. Jeg vælger at opsætte kortet med teksten: "Lidelse er blevet til et Svaneliv". Det har en så dejlig og smuk kontrastenergi, på denne materialismeenergi.

Jeg føler mig ydmyg og taknemmelig over, at må opleve dette. Jeg går ned igen og kigger mig omkring. Jeg ser alle de forskellige personer; der er til stede her. Jeg mærker en kærlighed, komme ud fra hver enkelt. Jeg kan mærke, at jeg skal gå videre for, at finde ind til min egen energi igen. Bussen er stoppet og der strømmer ud med mennesker. Da jeg når 100 m. længere frem, overmanes jeg af mine følelser; så jeg bryder ud i gråd. Det står på i et par minutter. Det er den hellige energi omkring korset; som har svært ved at komme til orde; der kommer op i mig. Jeg mærker kontrasten i stedet og derudfra hvor meget materialismeenergien fylder!

Herefter ringer jeg til Pia, da jeg har brug for en, at snakke med. Jeg fortæller hende om mine oplevelser ved krucifikset.

Jeg går videre, kl. er ca. 12.30 og vejret er fortsat dejligt flot solskin. Jeg finder igen ind til mit tempo og synger igen min familiesang: "Pia og Jonas jah, vi er familie her jah".

Jeg er nået over det højeste punkt, her i området. Det fortsætter med at være rimeligt jævnt og skiftende mellem lidt op og ned. Efter godt en ½ time, når jeg til byen Manjarin. På kortet er det markeret som en landsby; men her er kun nogle enkelte huse. Jeg er lidt nysgerrig, for her er også et albergue. Jeg griner lidt over mine tanker: "Er der virkelig plads til sådan et her". Men ikke desto mindre, så er der et. Udefra ser det ikke ud af ret meget. Der er en lille shop, med udvendigt udstillede varer. Her er brugte T-shirts, smykker og halskæder; i metal og læder. Her er også et bord, hvor man kan skrive sig ind og få et stempel. Jeg går indenfor og hilser på. Værten spørger om jeg skal overnatte. Jeg takker nej. Jeg spørger efter et langt stykke lædersnor, til at holde på mit pandehår. Det er godt nok svært at forklare, når han kun forstår spansk. Med hjælp fra andre, fandt vi frem til en forståelse. Han har ikke nogen.

Jeg går videre og tænker på næste by med albergue, El

Acebo, hvortil der er ca. 7 km. Jeg møder igen forskellige mennesker og hilser på dem. Det begynder at gå mere nedad. Foran mig ser jeg en lille flok mennesker på ca. 8-12 stk. Der er i aldersgruppen fra ca. 12 år til ca. 60 år. Jeg sætter tempo på, da en tanke i mig siger, at jeg skal vise mig over for dem. Måske fordi der er et par unge kvinder iblandt!? Jah en lidt skør idé, ikke? Jeg henter dem hurtigt, hilser på nogen af dem og forsætter. Her kommer jeg til en stejl nedstigning. Mit tempo forøges, hvorefter jeg har rimelig god fart på. Jeg kommer hurtigt væk fra flokken. Kort efter flader det ud, hvor jeg igen finder et mere behageligt tempo. Her mærker jeg en smerte i min venstre fod, fra over vristen til op på anklen. Jeg tænker, hvad er der dog nu sket? Åh nej selvfølgelig min klovn. Jeg er gået i et for højt tempo, ned ad bakke. På den måde har jeg forstrakt, mine sener og muskler.

Jeg tænker hold kæft, hvor dum kan jeg være, bare fordi jeg skal imponere mig over for et par unge kvinder. Jeg griner lidt over mig selv og ser straks den klare sammenhæng. Venstre fod er i siden med følelser. Det er mit seksuelle tankemønstre; der forstyrrer mine følelser. Denne ubalance gør i mig, at jeg bliver svækket; som i dette tilfælde, går det ud over min venstre fod! Jah jah, så må jeg se hvordan det går

videre. Jeg har nu heller ikke mere ondt, end at jeg kan fortsætte; endog med ca. samme tempo. Det gør mest ondt, når jeg går ned ad bakke.
Efter endnu ca. en times vandren, begynder jeg at se El Acebo. Jeg kommer væk fra vejen, hvor det går brat nedad, imellem klipper og buske. Her er i hvert fald en smuk udsigt. Jeg kommer ind til byen, med en smal hovedgade, hvor husene står tæt pakket sammen side om side. Jeg finder byens albergue. Hilser på forskellige pilgrimsvandrere; som slapper af udenfor i solen. Jeg går indenfor. Her er flere vandrere, som jeg også hilser på. Her er også en jeg kender. Det er den ene hollænder; som overhalede mig i morges. Han spørger til mig, om jeg har truffet hans ven. Det kan jeg jo kun svare nej til. Stedet er en café/bar, med alberguet ovenpå. Jeg sætter mig og får en kop varm cola cao. Jeg beslutter mig for at gå videre, da jeg ikke føler mig tilpas her. Her er for mange mennesker; og alberguets beliggenhed tiltaler mig ikke. Inden jeg går videre, får jeg et stempel i mit Pilgrimspas. Jeg siger farvel til de tilstedeværende og går udenfor. Her tager jeg min rygsæk på og hilser igen på dem udenfor.
Jeg ved godt at min fod smerter, og at det måske, (i hvert fald efter et lægeligt synspunkt), ville være bedst at blive for, at slappe af. Men sådan hænger det ikke sammen for mig. Jeg skal ikke fokusere på selve

smerten. Det laver en blokering i helingsprocessen. Jeg skal give slip, på mine tanker i hjernen og få kontrollen ned i hjertet, netop bare ved at være. Herved finder jeg hurtigere ind til årsagen, omkring mit uheld; som har forbindelse til mit seksuelle tankemønster. Derved kan jeg frit føle efter min intuition, og derudfra gøre hvad der er bedst for mig. Og det er altså at gå videre! Der er kun ca. 2-3 km til næste albergue i byen Riego De Ambrós. Det begynder igen at gå lidt opad. Det er udmærket, med hensyn til min fod. Jeg møder ikke andre vandrere her på turen. De fleste bliver nok i El Acebo. Jeg når Riego De Ambrós. Kl. er ca. 15.30. Efter noget tid finder jeg alberguet. Her må jeg godt nok grine. Der er malet gule fodaftryk på asfalten; som viser ind til alberguet. Jeg går ind og her er ikke nogen endnu; hverken værten eller andre gæster. Der kommer en ældre mand; som fortæller mig, at jeg bare kan finde mig en seng og gøre mig tilpas. Værten vil komme senere. Jeg ser, at der er et stort vinduesparti, med dør ud til en hyggelig dejlig have.

Jeg går op ad nogle trapper, til sengeafdelingen. Igen en anden måde at lave sovepladser på. De er i træ, som en kasse. Der er indbygget en lille læselampe. Mellem sengene, er der et åbent lille rum til, at stille rygsækken. Jeg kommer af mit vandretøj og hænger det til tørre. Ingen tøjvask i dag. Jeg går hen og får mig et dejligt varmt bad. Bagefter sætter jeg mig hen og kigger på min fod. Det er som om der er lidt rødt under huden; efter enkelte sprængte små blodårer: Men foden er ikke hævet. Når jeg trykker på den, kan jeg mærke den er noget øm. Jeg går ned og hilser på værten, en ung mand. Jeg bliver skrevet ind og får stemplet mit pas. Jeg spørger efter et sted at spise. Han fortæller at der er en restaurant, i den anden ende af byen.

Jeg går en tur i byen for, at se området. Jeg har taget sandaler på uden sokker for, at give mine fødder mere luft. Det er ikke nær så godt med sandaler, da de ikke støtter så meget, som støvlerne. Jeg væbner mig med en god tålmodighed, og går stille og roligt af sted. Efter et kvarters tid, finder jeg restauranten. Den ligger i udkanten af byen, når jeg følger vejen lige ud, fra alberguet. Jeg går hen og hilser. Jeg spørger efter en "menu del Peregrino". Jeg får at vide, at de serverer fra kl. 19.30. Jeg takker og går ud igen.

Da jeg kommer tilbage til alberguet, ser jeg, at der er kommet flere gæster. Det er bl.a. en ung italiensk mand; som jeg har mødt tidligere i dag. Vi hilser på hinanden og spørger til hvordan det går. Jeg går ind, finder mine papirer frem og går ud i haven for, at se på dagens etape. Jeg har i dag gået ca. 32 km. Det er da meget fint. Turen har igen givet mig nogle oplevelser;

som jeg i den grad kan bruge til noget. Når jeg tænker etapen igennem; og derved finder mine følelser frem, i forhold til det jeg har oplevet; føler jeg mig stadig bare, så utrolig ydmyg og taknemmelig. Jeg kigger også på morgendagens etape. Med min fod i tankerne, vurderer jeg hvad muligheder jeg har i morgen. For mig at se, vil der være to oplagte emner. Molinaseca samt Ponferrada, er for korte distancer, med henholdsvis ca. 5 - og ca. 12 km. Cacabelos med 27 km og Villafranca Del Bierzo med 35 km, er mere oplagte. Men som de andre dage, vil jeg lade dagens form afgøre valget. Jeg ringer til Pia og Jonas, og får en sludder med dem begge.
Jonas spørger til mig, om hvornår jeg kommer hjem. Jeg svarer: "Kære Jonas, når jeg har gået denne lange tur færdig, kommer jeg hjem til dig". "Far, har du stadig min sten med dig". "Ja min dreng, det kan du tro jeg har og den får du, når jeg kommer hjem".
Jeg snakker med Pia om mit lille uheld med min fod; og hvordan det skete. Hun kan heller ikke lade være med at grine. Hun er også ydmyg og taknemmelig, over mine oplevelser, hvordan de hænger sammen. Bagefter går jeg ind og lægger mig.
Kl. 19.10 går jeg af sted for, at få min aftensmad. Jeg når derhen. Restauranten er delt op i to, adskilt af flytbare vægge. Jeg bliver henvist til et bord og er den eneste; som skal spise herinde. Jeg bliver betjent af et

ældre ægtepar. De er bare så søde og rare. Jeg får mig
en tre retter menu, med vin og vand. Jeg bliver spurgt
om, hvad jeg vil have til dessert. Kvinden fortæller
mulighederne på spansk; som jeg ikke forstår et ord af.
Jeg er derfor noget spændt, på hvad jeg får. Det viser
sig, at være et ganske almindeligt sprødt og dejligt
Golden Delicius æble. Jeg smiler lidt. Jeg kan ikke
huske, hvad det hedder på spansk; men det lyder
spændende.
Efter ca. en time er jeg færdig. Jeg takker for maden,
betaler, siger farvel og går ud igen. Jeg føler mig godt
tilfreds og går stille og roligt tilbage til alberguet. Da
jeg ankommer, er værten udenfor. Jeg spørger ham, om
det er efter hans fødder, at fodaftrykkene er lavet.
Han griner og ryster afkræftende på hovedet. Jeg
siger godnat og går ind for, at gøre mig klar til natten.
Jeg hilser igen på italieneren og siger godnat. Jeg
lægger mig og laver min afslapningsøvelse. Det lykkedes
ikke helt, som de andre aftener. Min meditation bliver
heller ikke vellykket. Jeg kan mærke, at jeg har svært
ved, at finde jordforbindelsen; og derved roen i mig.
Jeg stopper og forsøger herefter at sove. Jeg må igen i
nat, op for at tisse.

*

21

Jeg vågner omkring kl. 6. Jeg ligger lidt og slapper af. Jeg mærker ikke noget til min ømme fod nu. Jeg er spændt på, hvor god den er. Igen ved kl. 6.30 står jeg op. Her er stille og roligt, da her ikke er så mange. Jeg har bestilt morgenmad til kl. 7. Det er et tilbud fra værten; selvfølgelig mod betaling. Jeg får mig vasket og kommer i tøjet. Da jeg kommer ned, er værten i gang med at dække op. Vi hilser på hinanden. Jeg hilser også på den unge italiener. Han er ikke særlig stor, med kronraget hoved. Han har lidt lighed med cykelrytteren Marco Pantani. Jeg siger ikke noget om ligheden, til ham. Efter morgenmaden henter jeg mine Salemkort, for at værten kan vælge et. Han bliver meget glad og syntes, at de er meget smukke. Jeg fortæller ham om sammenhængen ved kortet og om Salemfonden.
Jeg siger farvel og går ud af døren ca. kl. 7.30. Det er igen køligt, med næsten overskyet himmel. Jeg smiler igen over fodaftrykkene, da jeg går af sted. Jeg hilser morgenen velkommen og synger min godmorgensang til Pia og Jonas. Jeg kommer ind i et fint tempo og starter på min familiesang. Jeg kan mærke, at min fod smerter en del. Det er dog betydeligt bedre med støvler, end med sandaler.

Ruten fører mig ikke ud forbi restauranten; men i stedet til venstre ud af byen, hvor ruten fører væk fra vejen. Jeg kan bagude se, at min italienerven også er startet. Jeg kan se at han går rask til. Jeg forsøger at sætte et højere tempo. Men det er svært for mig, især pga. min dårlige fod. Så jeg affinder mig med situationen og finder ind i et godt tempo, hvor jeg kan holde det ud. Mit seksuelle tankemønster spiller igen ind her. Det er forbundet til en bredere materialismeenergi; som er mig for meget. Jeg skal give slip på mine tanker om, at jeg skal sætte et højere tempo for, at holde afstand til ham.

Der går et kvarters tid, så har han hentet mig. Vi hilser på hinanden, hvorefter jeg fortsætter fra før. Jeg finder igen ind til min egen rytme og synger videre på min familiesang. Sangen er med til, at jeg finder en god balance i, at vandre. Den holder min koncentration fast på mig selv, i min egen energi; så jeg kan føle efter og derud fra arbejde med mig selv. Derved får jeg forskellige billeder og beskeder, fortalt gennem min intuition. Det er mange gange forståelser på svar, fra tidligere oplevelser; som kan ligge op til flere år tilbage, men selvfølgelig også fra tidligere på Caminoen.

Efter en times vandren når jeg byen Molinaseca. Det er en lille landsby med et albergue. Jeg vælger ikke at besøge stedet, da det ligger for afsides. Jeg

fortsætter ud langs landevejen igen. Det er blevet
noget overskyet. Der kommer enkelte regnbyger ind i
mellem. Jeg kommer til floden "Rio Boeza". Jeg følger
den lidt, hvor jeg kommer til en lille by, Campo; som jeg
går igennem. Herefter når jeg indgangen til en større
by, Ponferrada. Jeg krydser floden på en bro. På den
anden side af broen, finder jeg et Pharmatica (apotek).
Jeg går ind og spørger efter noget creme med kamfer.
Kvinden forstår meget lidt engelsk; men finder alligevel
frem til at forstå ordet kamfer. Det viser sig at hedde
Alcanfor på spansk. Selve cremen hedder Radio Salil,
som så indeholder kamfer. Jeg bliver bare så glad for,
at have fundet cremen. Samtidigt køber jeg også noget
almindeligt plaster. Inden jeg går ud, sætter jeg mig
ned og smører noget creme på min ømme fod. Jeg kan
mærke at det gør godt. Jeg takker og siger farvel.
Jeg går videre og kommer længere ind i byen. Jeg
syntes, at det er en stor by jeg er kommet til. Jeg
formår at holde mig til tegnene. Jeg handler lidt
proviant til senere på ruten.
Kl. er ca. 11 - 11.30. Jeg finder et lille sted at spise
frokost. Jeg får mig en pizza og drikker orangejuice til.
Kort efter kommer en bekendt ind. Det min unge
canadiske ven; som nu er sammen med en ven. Jeg hilser
på dem begge. Jeg får en lille sludder med vennen, på
engelsk.

Ca. kl. 12 går jeg videre og finder uden problemer, ud af byen igen. Først følger jeg ruten, langs landevejen et par kilometer, hvorefter ruten fortsætter, væk fra landevejen. Her er det mindre veje og stier; som udgør Caminoen. Jeg finder ind til at synge min sang igen. Herefter afpasser jeg mit tempo, ind efter mit eget behag. Det er som før, på en god og jævn hurtig måde. Min fod er begyndt at smerte mere. Dog ikke så meget, at jeg ikke kan gå og sænker heller ikke mit tempo. Stadig gør det mest ondt, når jeg går ned ad bakke. Mange gange også på mere ujævne og stenede strækninger.

Mit forsøg på at gøre smerterne mindre, går ud på at flytte mine tanker væk, fra smerteområdet ved min venstre fod. På den måde får foden mere ro til, at hele sig selv. Det er til tider svært for mig.

Jeg møder igen forskellige mennesker; som jeg hilser på. Det er herboende, forbipasserende, samt andre Pilgrimsvandrere.

På et tidspunkt henter jeg, et par unge brasilianske kvinder. Den ene ser bare så sød og smuk ud. Hun har sådan en dejlig blid udstråling, at det vækker følelser. Ikke så meget seksuelle følelser; men andre følelser; som jeg på værende tidspunkt ikke kan sætte ord på. Jeg er dog så meget fattet, at jeg hilser og ønsker "buen Camino".

Min fod smerter efterhånden en del. Jeg tænker over, om jeg mon skal blive i den næste by, Cacabelos. Her fra er der ca. 7 km., ca. 1½ times vandren.
Jeg kommer til Cacabelos og min fod gør efterhånden meget ondt, så jeg er begyndt at halte lidt. Jeg kommer forbi det første albergue. Her kan jeg mærke, at jeg ikke skal være og går videre. Jeg handler lidt proviant, et par sodavand, frugt og kiks. Jeg ser igen et apotek og går ind. Her køber jeg et elastikbind.
Jeg finder en bænk, på et slags torv. Først giver jeg mine fødder luft, ved at tage støvlerne og sokkerne af. Dernæst spiser og drikker jeg lidt. Da jeg skal tilse min fod, kommer de unge brasilianske kvinder. Jeg hilser igen på dem. Den smukke sætter sig og vi snakker. Hendes veninde skal ringe, fra en telefonboks ved siden af bænken.
Min fod er ikke hævet. Det ser ud til, at der er nogle sprængte blodkar. Jeg lægger bind på og kan mærke at det hjælper.
Der kommer en mand hen til mig og spørger på engelsk, om jeg vil have et hæfte. Han fortæller at han er Jehovas vidne fra Danmark og at han har boet i Spanien i ca. 25 år. Vi får en snak på dansk, om os begge. Han snakker dansk med spansk accent. Jeg fortæller bl.a. om grunden til, at jeg går Caminoen, hvorefter jeg siger farvel til manden.

Siden jeg forlod Ponferrada, er vejret blevet bedre, med en del solskin. Temperaturen er omkring de 15 grader C. Jeg får mine støvler på igen, rejser mig op og tager rygsækken på. Jeg går af sted. De to brasilianske kvinder er gået afsted. Elastikbindet hjælper godt, min fod smerter næsten slet ikke.

Jeg er ved at komme ud af Cacabelos. Her er der ved, at blive opført et helt nyt albergue. Der mangler stadig noget; men der er åbent. Jeg føler ikke en god energi der og vælger at gå videre. Der er 8 km til Villafranca Del Bierzo, med næste albergue. Jeg tror på, at jeg nok skal klare det.

Kort efter at have forladt Cacabelos, krydser jeg floden Rio Cúa via en bro. Jeg finder igen en god vandrerytme, sammen med min familiesang.

De første par kilometer går det udmærket, uden de store smerter. Herefter begynder smerten igen langsomt, at tage til. Jeg henter igen de to brasilianere. Jeg kan mærke, at jeg må holde mit tempo, da jeg har brug for at gå alene; at være i min egen energi. Og det kan jeg ikke klare, hvis jeg går med dem.

Smerten er der jo når jeg går. Jeg ser ikke smerte; som noget der skal fortælle mig, at når den er der; jamen så er den eneste løsning, at ligge ned og slappe af. Jeg ser smerte, som noget jeg skal forholde mig til. Ikke i forhold til at det gør ondt; men i forhold til hvad situation jeg er i, hvordan den er opstået, samt hvad min intuition fortæller mig. Jeg skal ikke kun lytte til den smerte; som er i min fod, da det er en meget lille del af mig selv. Nej jeg skal lytte til mine følelser, i hele kroppen; hvor mine sensitive følelser fortæller mig, hvad det er jeg skal gøre. Ud fra den viden ved jeg, at det er det rigtige, at vandre videre med disse smerter, i min venstre fod.

Da jeg mangler ca. 2 km, gør det bare rigtigt ondt i min fod. Jeg stopper op for, at lægge bindet om. Det hjælper da lidt. Det varer dog ikke længe, så er smerten den samme igen. Her har jeg brug for, at komme af med noget vrede. Jeg føler mig noget frustreret og sparker til nogle sten og grene. Samtidig må jeg skrige min frustration ud. Det er godt at jeg går på landet, væk fra andre. Det hjælper mig at få afreageret. Herefter går det bedre, at forholde mig til smerterne.

Byen Villafranca Del Bierzo ligger i en dal, omgivet af en del bjerge. Jeg ser den først, da jeg når til den. Ovenfra ser man ikke gaderne. Byen ser ud, som om der ingen gader er. Jeg spørger en ældre mand, om vej til alberguet. Kort efter er jeg der. Det gør godt at stoppe her. Jeg kan mærke at stedet har en god energi, så her bliver jeg. Kl. er ca. 16.

Den sidste times tid, er det blevet mere overskyet og

har også regnet lidt ind imellem. Lige nu er det tørvejr. Jeg går ind og hilser på værterne. Det er to unge, en mand og en kvinde. Et par måske, jeg ved det ikke. Jeg bliver skrevet ind og får stemplet mit Pilgrimspas. Her virker meget rart. Ikke helt lille, med plads til ca. 50 overnattende. Jeg hilser på andre Pilgrimme. Jeg går ovenpå og finder mig en seng. Det er en underkøjeseng, i et værelse til otte sovende.

Jeg kommer af mit overtøj og støvler. Jeg tager bindet af og ser, at foden stadig ikke er det mindste hævet. Men den gør meget ondt. Uha hvordan skal det mon nu gå. Til min egen beroligelse, er jeg ikke på nogen måde bekymret over, hvordan jeg skal komme videre. Jeg forholder mig til smerte, på en helt anden måde, end lægevidenskaben gør. Det handler om, at se smerte som en positiv oplevelse; som fortæller mig, at jeg har en større eller mindre psykisk ubalance, i forhold til hvor smerten er. Det er fordi, jeg er meget god til at være i nuet, og derud fra tro på, at der vil vise sig en løsning. Det kan komme inde fra mig selv, eller fra andre, hvor jeg tager deres negative energi ind og ikke får det bearbejdet ud igen. Det gælder om at være i sig selv, for derved lukke af, fra andres negative energier.

Jeg går i bad. Det gør godt, selv om det ikke er det varmeste vand; som kommer ud gennem brusehovedet. Bagefter lægger jeg mig ind og slapper lidt af. Det gør

godt at have foden til hvile.
Jeg tænker tilbage på dagens etape. Jeg har igen haft en begivenhedsrig dag. Jeg har det godt i mig selv, med at jeg er nået til Villafranca Del Bierzo; trods det at jeg nu har store smerter i min fod. Det med at jeg har smerter i min fod, skal jeg finde ud af hvad hovedårsagen er der til; som altid er psykisk. Lige meget hvad det er vi fejler, skal vi altid finde årsagen dertil, som psykisk forbundet.
Skaden er sket på venstre fod; som er den feminine side. Det har altså med følelser at gøre. Jeg skal være mere kærlig over for mig selv, have mere opmærksomhed på den måde jeg tænker og være bedre til, at lytte til mine følelser; intuition! Jeg har for mange tanker/spekulationer i hovedet, over de oplevelser som jeg har. F.eks. når jeg møder en kvinde; som hende i gruppen, får jeg bl.a. følelsen af for megen seksuel energi, idet jeg på et for mig, meget ubevidst område, har nogle seksuelle tanker kørende, selvom de er så små, at jeg knap nok registrerer dem. Men jeg ved de er der; det fortæller mine følelser mig. Det at det er meget ubevidst er, at jeg har vænnet mig til tanken. Når vi har gjort noget igennem meget lang tid, f.eks. at cykle eller at tisse, ligger det ligesom i rygraden hos os. Det er blevet til en naturlig ting at gøre, kun med en næsten usynlig opmærksomhed. Når vi har lært os selv

noget at gøre, igennem ubeskriveligt lang tid og det har en negativ effekt; som f.eks. skaden på min fod, er kroppen i et misbrug. For at få orden på misbruget, skal jeg finde årsagen dertil. Det er ikke løsningen, kun at fjerne den objektive fysiske årsag, altså at symptombehandle. Det vil sige i min forbindelse, at jeg ikke må have nogen form, for seksuelle tanker. Det vil også have en negativ effekt, da det er at fokusere for meget, på et enkelt område, i lang tid og derfor vil være et misbrug på kroppen. Nej, jeg skal finde en balance i mig, hvor disse seksuelle tanker, ikke fylder så meget. At bearbejde mig selv til, at have bedre kærlige tanker om mig selv. For seksuelle følelser må vi jo gerne have i os, da de er en del af kærligheden.

Det er det "din sandhed" omhandler, at tage ansvaret op i sit eget liv. At vi skal være så meget kærlige ved os selv, så der er en god balance, hvor vi kan mærke tilfredshed og lykke!

Jeg har i dag gået 35 km og er nu oppe på i alt ca. 571 km. Dvs. at jeg har ca. 203 km tilbage. Når jeg tænker på mit gennemsnit indtil nu, har jeg ca. 6 dage tilbage, at vandre i, før jeg når til Santiago De Compostela.

Jeg står op for, at se hvad der sker og om der er ankommet, nogen jeg kender. Jeg kommer nedenunder og hilser på forskellige. Jeg går udenfor og sætter mig. Her kommer der to bekendte. Det unge par fra

Slovakiet Ivanna og Micho; som jeg mødte første gang i Mansilla De La Mulas. Micho har fået dårlig fod og halter en del. Jeg fortæller dem om min fod. Han har det ikke særligt godt. Jeg kan mærke på ham, at hans tilstand er værre end min. De vælger at gå videre, som jeg har en god forståelse for. Manden føler at han er "svag" og det vil han ikke vise. Han må så tage ved lære! Der kommer også en bil, med noget bagage. Jeg får fortalt, at den bringer bagagen videre imellem alberguerne. I dette tilfælde er det for nogle; som gennemfører Caminoen på cykel. Det kan også arrangeres for vandrere. De kaldes gerne for "Camino light"!

Det er begyndt at regne, så jeg går ind igen. Her hilser jeg igen på forskellige. Bl.a. den unge brasilianske kvinde. Jeg smiler bredt indeni; for hun er bare så smuk. Det varmer fantastisk inden i mig selv, at jeg kan beundre hende, uden for mange dominerende seksuelle tanker.

Jeg går igen ovenpå, hvor jeg lægger mig for, at slappe af. Jeg leder tankerne hen på dagens hændelser. Jeg føler mig ydmyg og taknemmelig over, at have nået så langt som her til. Jeg tænker også på hvad jeg skal spise. Imens jeg ligger her, kommer der en ung mand og hilser. Han fortæller, at han så mit navn, i indskrivningsbogen. Så han ville lige op og hilse på mig.

Han er også fra Danmark. Han fortæller, at han har fulgtes med en ung spansk kvinde. Han er så kommet fra hende, under vandringen et sted. Jeg fortæller ham om min dårlige fod. Han tror på, at jeg skal holde pause i morgen. Ja det kan godt være. Det får jeg at se i morgen, når jeg står op, svarer jeg.
Jeg har på ingen måde, det dårligt over min situation. Jeg bruger min måde, at være i nuet og min afslappede positive væremåde til, at forholde mig til min dårlige fod. På den måde ved jeg, at der hurtigt vil vise sig en løsning. Hvordan ved jeg endnu ikke. Jeg skal bare forholde mig til mig selv, som en helhed og ikke spekulere for meget på min situation. Så kommer det af sig selv!
Jeg ringer hjem og fortæller Pia om situationen. Hun er dejlig stille og rolig. Vi morer os begge over, hvordan min situation sådan kan udvikle sig. De har det begge meget godt. Jeg får denne gang også en lille sludder med Jonas.
Jeg rejser mig, samler min proviant sammen og går ned for at lave mad. Jeg laver noget pastasalat, med brød til. Jeg sætter mig til bords, og spiser alene.
Jeg går lidt ud igen. Det bliver snart mørkt. Det er tørvejr, overskyet samt stille og roligt. Her er ikke nogen at snakke med, så jeg går ovenpå igen. Her beslutter jeg mig for, at gå i seng. Efter endt

toiletbesøg, tager jeg tøjet af. Jeg gør mig klar til at meditere. Her finder jeg på noget specielt. Jeg tager et Salemkort og vikler det omkring foden, hvor det gør ondt. Jeg vil lade det være på, hele natten for, at give min fod en god energi. Jeg lægger også et kort under min hovedpude. Jeg falder senere i søvn og får mig en god nats søvn, igen med min tissepause.

*

22

Jeg vågner kl. 6.30, til lyden af mit bippende vækkeur. Det er i dag d. 29. april. Jeg føler mig godt tilpas, efter en god nats søvn. Jeg føler efter i min fod og tager Salemkortet af. Jeg drejer den forsigtigt rundt, og mærker lidt ømhed. Jeg bliver liggende og slapper af. Mine tanker kommer igen ind på, gårdagens etape. Jeg hygger mig igen over de gange, hvor jeg har sat mig i en prekær situation, i forhold til min egen overbevisning. Jeg kommer op og i tøjet. Smerten er til stede; men ikke overbevisende. Jeg går en tur på toilettet, hvor det heller ikke er slemt. Jeg pakker mine ting sammen, med planen om at gøre mig klar til, at vandre videre. Jeg går nedenunder og får mig noget morgenmad. Jeg hilser på forskellige. Smerten er tiltagende; men stadig ikke skræmmende. Jeg rydder ud og vasker op. På vej op hilser jeg på danskeren. Han spørger til, om hvordan det går. Jeg fortæller at smerten er der. Og at afgørelsen om jeg kommer afsted i dag, er når jeg får mine støvler på. Vi siger god Camino til hinanden, hvorefter han går ud ad døren. Jeg går op og pakker det sidste. Jeg tager mine støvler på. Jeg føler ikke helt den støtte i støvlen; som jeg håbede på. Jeg tager rygsækken på og går stille ud af døren. Ja, jeg må konstatere, at smerten er

for kraftig til, at vandre videre i dag. Jeg går tilbage til sengen og stiller rygsækken på gulvet. Jeg tager støvlerne af og lægger mig ned for at slappe af. Jeg hilser farvel til den sidste, fra samme stue. Jeg er nu den sidste tilbage på alberguet.
Jeg ligger og tænker på min situation. Jeg er ikke forskrækket; men dejlig afslappet. Jeg har brug for noget assistance til, at løsne op for nogle affaldsstoffer, så det kan blive bedre i foden. Kl. er ca. 8. Jeg vælger at ringe til Jytte i Danmark. Jeg kan mærke, at Jytte kan hjælpe mig til, at åbne op for de steder i mig selv; som jeg har brug for. Jeg får hurtigt forbindelse til Jytte. Jeg fortæller hende om min situation, hvorudfra vi får en god samtale. Jeg fortæller hende, hvad jeg har gjort indtil nu. Hun støtter mig op om, at jeg bruger Salemkortene. Hun fortæller mig hvad jeg videre kan gøre, samt at hun vil sende mig fjernhealing, i healingperioden kl. 15. Jeg takker Jytte mange gange og sender hende lys og kærlighed. Jeg bliver liggende lidt endnu og får slappet rigtigt godt af.
Jeg står op ved 10'tiden, da der kommer rengøring på. Jeg snakker med værten om min situation. Det er ikke noget problem, at blive en ekstra nat. Jeg gør mig færdig, idet jeg har besluttet, at gå en tur ned i byen for at købe ind. Jeg tager mine støvler på, da de giver

bedst støtte. Det går fint uden de store smerter. Men jeg kan mærke, at jeg skal gå forsigtigt. Vejret er rimeligt godt. Noget overskyet, med nogle solstrejf ind imellem. Jeg handler noget proviant, så jeg bl.a. kan få en dejlig aftensmad. Jeg køber også et par T-shirts. Jeg syntes at jeg trænger til fornyelse.
Byen er meget speciel. Oppe fra et højere niveau ser det ud, som om der ikke er ret mange gader. Svaret finder jeg inde i byen. Mange af gaderne, er ikke bredere end til at gå i. Selv hvor bilerne kører, er gaderne ikke særligt brede. Der er også en del trapper, da byen er i forskellige niveauer.
Kl. er snart 14. Det er nu på tide at komme tilbage til alberguet, især da jeg får fjernhealing kl. 15. Der er ikke kommet andre Pilgrimme endnu. Jeg hilser igen på værten og går ovenpå. Jeg pakker mine ting pænt til side. Jeg lægger mig for at slappe af. Kl. er nu 14.50. Jeg laver min afslapningsøvelse, med nogle meget dybe vejrtrækninger. Det virker godt, så jeg er dejligt afslappet til den ventede fjernhealing. Jeg ligger bare her, helt uden tanker og spekulationer, og modtager sådan en skøn energi. Jeg mærker ikke de store forandringer. Kun en dejlig blid behagelighed. Jeg ved at energien har en effektiv virkning. Efter ca. 3 kvarter afslutter jeg. Jeg sender Jytte mine kærlige tanker. Jeg føler min egen ydmyghed over, at være i stand til

at modtage denne hjælp.

Jeg står op og føler mig udmærket tilpas. Jeg mærker ikke nogen fysisk forandring, i forhold til min dårlige fod. Det jeg føler er på sådan en måde, at jeg føler mig mere jordbunden. Jeg har en behagelig fornemmelse, af bare at være til stede.

Jeg går nedenunder. Det virker ikke som om foden er blevet bedre. Som sagt, så føler jeg ikke nogen fysisk forandring i foden. Jeg ved samtidig at det ikke betyder, at foden ikke har fået det bedre. Det kan sagtens være; det viser sig senere. Jeg skal bare væbne mig med tålmodighed.

Der er kommet flere til; som jeg hilser på. Jeg går udenfor, for at få noget luft. Her kommer der en bekendt, en ung tysk kvinde; som jeg mødte i Mansilla De Las Mulas, for fire dage siden; dengang sammen med 6 andre. Nu er hun alene. Hun sætter sig og vi snakker. Jeg fortæller om min dårlige fod. Hun er i gang med en Fysioterapeutuddannelse. Hun viser mig nogle punkter på ben og fod; som jeg kan bruge til at løsne op, på affaldsstoffer. Det er punkter som sidder på medianbaner, i forbindelse med min ømme fod. Hun fortæller også om en bog skrevet af Paulo Coelho; som på tysk hedder "Der Pilger". Paulo Coelho har selv gået Caminoen og fortæller her sine helt egne oplevelser, som Pilgrim. Hun vil senere vise mig den, da hun har den med. Hun fortæller mig også, at hun nu følges med en tysk mand; som jeg også tidligere har mødt, som jeg hilser på igen.

Der kommer flere jeg kender, bl.a. et tysk ægtepar; som jeg mødte i Sahagún, hvor de startede deres Camino fra. Jeg får mig en snak med dem, om hvordan det går

Jeg går op igen for, at kigge på næste etape. Fra Villafranca Del Bierzo, deler etapen sig i to. Langs hovedvejen; som er meget trafikeret, er den autentiske gamle rute. Den er ikke helt ufarlig, pga. tæt trafik; som ikke behager mig. Den anden er en ny rute; som fører op i bjergene. Den er mere skøn og knap så trafikeret. De begge fører til byen Trabadelo, efter ca. 10 km. Bjergvejen er måske lidt længere. Jeg føler mest for at gå bjergvejen. Efter Trabadelo fortsætter Caminoen med en rute. Der er flere alberguer på ruten. O'Cebreiro er 5. på ruten, efter ca. 28 km. Jeg kigger lidt videre, for at have flere muligheder. Her kommer et albergue i Hospital Da Condesa, efter yderligere ca. 6. km. I Padornelo 3 km længere fremme, bliver nok det længste jeg vil gå, på næste etape. Det bliver så i alt på ca. 37 km.

Kl. er efterhånden blevet ca. 18.30, så jeg går ned for, at lave mig noget aftensmad. Jeg koger noget pasta. Laver suppe og kommer nogle grøntsager i. Jeg sætter

mig til bords, sammen med den unge tyske kvinde. Vi snakker sammen mens vi spiser. Jeg hilser på det tyske ægtepar.
Efter maden går jeg udenfor og ringer hjem. Vi får en god sludder, hvor jeg fortæller om hvad jeg har lavet; samt om hvordan det går. Pia er også spændt på, om jeg kommer af sted i morgen. Jeg siger også hej til Jonas. Jeg går lidt rundt og kigger. Går ind igen, hvor jeg går ovenpå. Jeg lægger mig igen for at slappe af. Jeg tænker på etapen i morgen. Jeg føler stærkt i mig selv, at jeg vil komme af sted i morgen. Trods min smertende fod, føler jeg for at jeg kommer til, at følge vejen over bjerget.
Jeg gør mig klar til at gå i seng. Jeg stiller mit vækkeur til kl. 6.15. Herefter lægger jeg mig godt tilrette, hvor jeg laver min afslapningsøvelse og mediterer. Det er igen dejligt afslappende og gør godt. Herefter falder jeg i søvn. Gaabb... - godnat. Igen ca. kl.3.00 er jeg på min natlige tissetur. Tilbage igen sover jeg dejligt videre.

*

23

Det er i dag d. 30. april. Jeg vågner til lyden af mit bippende ur. Jeg slår øjnene op. Jeg ligger bare helt roligt og lader tankerne flyde. Jeg føler efter i kroppen om der er nogle reaktioner. Hvordan har min fod det? Jeg mærker ikke så meget til smerterne. Jeg bevæger den lidt, og jo smerterne er der endnu. Jeg slipper smerterne og tænker tilbage på de sidste par dage og min situation. Objektivt set er det jo tåbeligt, at forcere med tung rygsæk på, nedad vejen med et så kraftigt fald; for at imponere andre! Men hvad, hver ting har jo sin betydning for ens udvikling; og det har denne også. Det er min tro på, at denne betydning findes for, at komme videre med at vandre. Ellers bliver jeg ligesom stående stille, i en energi af negativ påvirkning, så skaden bliver holdt ved lige og ikke forbedret. Et svar på hvad for en betydning denne situation har, er ikke til stede. Det er heller ikke det afgørende. Det afgørende er at have troen på, at denne betydning findes og at der ikke altid kommer, et objektivt forståeligt svar!

Jeg står op og går på toilettet. Min fod føles rimelig god. Jeg kommer i tøjet og går nedenunder. Foden smerter stadig noget. Jeg hilser på det tyske par. De er ved at gøre klar til morgenmad. Jeg finder en plads. Og her ligger der en bog. Det er bogen "Der Pilger" af Paulo Coelho. Jeg tænker at det sikkert, er den unge tyske pige; der har efterladt den her. Måske har hun glemt den. Jeg lader den ligge imens jeg spiser. Da jeg er færdig, tager jeg den i hænderne og tænker på, om jeg skal tage den med. Jeg kan altid give den til hende, ved senere lejlighed. Jeg kan mærke at hun sandsynligvis, har lagt den til mig. Jeg slår en side op. Meget pudsigt kommer kapitlet med Villafranca Del Bierzo frem. Herefter vælger jeg at lade den ligge.

Jeg gør mig færdig på toilettet. Nu kommer afgørelsens tidspunkt: Kan jeg vandre videre eller ikke. Det vil blive afgjort, når jeg får mine støvler på. Jeg tager støvlerne på, hvorefter jeg går lidt rundt. Jeg føler at støtten er tilstrækkelig på min fod. Det er altså som om, der er noget magisk ved disse støvler. Det tyske par går af sted. Jeg fortæller dem, at jeg vil fortsætte i dag. Jeg tager rygsækken på, siger farvel og tak til værterne og går af sted.

Udenfor møder jeg igen det tyske par. De snakker om at vil vandre over bjerget. Jeg siger at det vil jeg også, da det er den mildeste vej; uden den tunge trafik.

Det er begyndt at lysne i øst og vejret er dejlig mild. Let skyet uden regn og ikke for koldt. Jeg finder efterhånden en god rytme. Min fod smerter kun når jeg

er uforsigtig. Jeg finder på en bedre måde at gå på;
især at gå nedad, så der ikke er smerter.
Jeg synger en dejlig morgensang. Først til dagen og
derefter til mine to kære. Det forbinder mig så dejligt,
når jeg tænker på dem, så det er nemmere at vandre.
De er med til, at mine smerter ikke er så store.
Jeg går bagom byen og kommer ind til den. Herefter
begynder det at gå opad og ud ad byen. Ruten fører op
ad bjerget, udenom byen.

Jeg kommer til et sted, hvor vejen svinger væk fra
byen. Jeg stopper lidt og kigger tilbage ud over byen.
Det er simpelthen en så smuk udsigt. Jeg finder langt
ude i baggrunden, alberguet jeg overnattede på.

Følelserne kommer lidt op i mig. Jeg tager et par billeder. Jeg kan ikke vente længere. Jeg ringer hjem og fortæller om min situation. Vi hygger os over den dejlige sammenhæng.
Jeg kan se ned på ruten langs vejen. Der går et par stykker. De er meget tæt på trafikken. Jeg fortsætter veltilfreds videre. Det går op ad bakke den første times tid, hvor det efterhånden flader ud. Vejret er fortsat overskyet. Solen skinner igennem et par gange. Efter et par timer, hvor kl. er ca. 9.45 begynder det at gå nedad. Ikke så kraftigt i starten. Jo tættere jeg kommer på Trabadelo, des stejlere bliver det. Jeg mærker det ikke så meget i min dårlige fod. Lidt over 10 når jeg Trabadelo. Her møder jeg nogle bekendte. Det er Ivanna og Micho. De har overnattet på et albergue, her i byen. Michos fod er ikke særlig god. De har besluttet, at han tager bussen og hun vandrer videre. De mødes så i Triacastela. Det er ca. 39 km fra her. De spørger også til mig. Jeg møder også den unge tyske pige og hendes tyske følgesvend. Jeg spørger til hende om bogen. Hun bekræfter at den var til mig. Jeg takker mange gange og fortæller hende hvad jeg har gjort af den. Grunden dertil er, at den fylder som ekstra bagage, samt at jeg ikke kan sætte mig ind i, at læse den på denne rejse. Det at jeg slog op på kapitlet, om Villafranca Del Bierzo, var afgørende for, at jeg lod bogen blive. Micho og

Ivanna tager afsked med hinanden, hvorefter Ivanna vandrer videre. Jeg fortsætter også min vandren, fulgt af de to tyskere.

Ruten fortsætter mere fladt, langs en mindre vej. Jeg finder igen en god rytme at vandre i, samt ind til en sang, så jeg kan holde mig selv forbundet. Jeg går godt til, med de andre liggende inden for, et par hundrede meter. I en landsby bliver der holdt spisepause. Jeg spiser også lidt. Herefter fortsætter Ivanna først. Jeg kan mærke at jeg skal følge hende, så jeg sætter efter. Skyerne bliver mere tætte. Efterhånden begynder det at regne. Jeg stopper op og kommer mit regntøj på. Det er blevet mere kuperet. Der er ca. 5 km til O'Cebreiro. Ruten skifter mellem lille vej til sti. Regnen er taget godt til. Lige før O'Cebreiro bliver stigningen mere brat. Her er der anlagt natursten for, at holde på jorden. Det regner meget og vandet løber nedad mellem stenene og tager noget mudder med sig. Det gør det så noget bedre, at vandre med disse anlagte sten. Her er også regionsgrænsen mellem León og Lugo.

Ivanna er stadig ca. 100 meter foran mig. Jeg henter hende, da vi kommer til byen. Vi finder alberguet, går ind og ser på stedet. Hun byder på te og jeg byder på kiks og chokolade. Vi snakker om forskelligt. Vi kommer lidt ind på Ivannas og Michos situation. Jeg føler noget i forbindelse med Micho. Jeg fortæller hende det, som hun bekræfter. Jeg finder Salemkortene frem. Hun vælger et. Jeg kan mærke at Micho også skal have et, så jeg udvælger et til ham. Hun fortæller at Micho betyder Michael. Jeg skriver noget til ham på engelsk, som han kan bruge på sig selv. Hun fortæller at hun bliver nødt til, at fortsætte til Triacastela, da han venter hende.

Vi bryder begge op. Regnen er stoppet og ruten fortsætter langs en hovedvej. Der er dog god plads til at vandre på. Hun lægger godt ud. Jeg finder igen en sang og min rytme på plads. Jeg forsøger at holde hende trit. Men nej, det er som om hun har fået ekstra fornyet energi. Måske er det fra vores samtale sammen. Jeg kan mærke at jeg skal slippe hende og bare fortsætte min egen vandren. Hun har jo også fået et Salemkort.

Jeg kigger på kortet for, at se hvor langt jeg vil gå. Næste albergue er i byen Hospital da Condesa, om ca. 6 km. Så er der i Padornelo, om ca. 8 km. Det tredje er så i Triacastela, om ca. 21 km. Det vil være for langt at gå. Min fod har efter omstændighederne, det meget godt. Jeg fortsætter derudad og ser hvad der byder sig. Jeg holder lidt øje med Ivanna; og ser at hun holder sit tempo. Jeg kommer til Hospital da Condesa og kigger efter alberguet. Byen er meget lille. Jeg syntes ikke det er til at finde, så jeg fortsætter. Efter yderligere

en halv time kommer jeg til Padornelo. Her er der slet
ikke noget albergue. Nå hvad gør jeg så nu. Skal jeg gå
tilbage til Hospital da Condesa og lede bedre efter
alberguet. Nej, det kan jeg mærke ikke er godt, da det
vil være at gå tilbage til noget; som jeg har været
igennem. Og det skal jeg ikke.
Jeg kigger igen på kortet og ser et sted; som hedder
Alto do Poio. Det har muligvis et overnatningssted,
måske et albergue. Der er også et højdemål på,
svarende til 1337 m. De 300 m. til Alto do Poio har en
brat stigning. Jeg kommer derop. Her er kun nogle huse,
med en café og et Hostal, liggende langs hovedvejen.
Jeg spørger i caféen. De kender ikke til noget albergue.
Jeg henvender mig på Hostallet. Det viser sig at være
et mindre slags hotel. Jeg kan få et enkeltværelse til 15
Euro. Jeg hilser på et par ældre tyske damer; som også
er på pilgrimsvandring.
Jeg tager værelset og bliver vist derop. Her er en
dejlig opredt seng. Det bedste af det hele er, at der er
et badekar. Jah tænker jeg, det skal jeg have gang i.
Jeg åbner for vandet og gør mig klar. Min fod har
sikkert godt af det varme vand. Den smerter stadig
noget; men er blevet meget bedre. Jeg sætter mig i
badet. Jamen, hvor er det dog skønt. Det er bare rent
luksus til min medtagne krop. Jeg tænker tilbage på
dagens etape. Jeg har igen haft nogle spændende

oplevelser. Jeg tænker på Ivanna. Hun er nok ikke nået frem til hendes kæreste endnu. Jeg er noget stolt af mig selv. Jeg har klaret at vandre 38 km, med en fod; som en læge ville have vurderet til en uges hvile, mindst. Jeg er bare så ydmyg og taknemmelig over, at tingene kan være så enkle; bare ved at jeg følger og tror på min intuition.

Efter ca. en time står jeg op af badet. Dejlig veltilpas og træt. Jeg kommer i tøjet og går ned. Jeg beslutter at spise sammen med damerne. Vi snakker lidt sammen mens vi venter. De er startet på Caminoen, for et par dage siden. De går ikke så langt og kan heller ikke klare så meget. Maden kommer med rødvin og vand til. Det er ikke det bedste; men jeg bliver godt mæt. De syntes bare det er så dårlig mad. Værten kommer og spørger om maden er god: Damerne svarer at den smager dejligt. Nåh tænker jeg, hvorfor mon de ikke bare siger, deres ærlige mening. Sådan er deres holdning omkring meget. At snakke nedsættende om noget og nogen, når de ikke er til stede. Og når folk så er til stede, er det lige modsat. Når de snakker om dem selv, har de svært ved at finde noget positivt. De beklager sig næsten konstant. Jeg kan mærke på dem, at de har problemer med deres egen selvværd og derfor har svært ved, at tage ansvar for deres eget liv.

Jeg fortæller grunden til, hvorfor jeg er på denne

Pilgrimsvandring. De syntes at det lyder meget spændende. De syntes ligefrem at jeg skal skrive en bog derom. Tankerne har selv strejfet mig nogle gange; så det kan jeg godt finde på. Jeg tænker også på, hvorfor mon jeg skal møde disse to; som fortæller mig noget; som jeg har tænkt en del på, i de sidste par dage. Det er godt nok en besynderlig sammenhæng; men samtidig dejligt beroligende, at få noget bekræftet fra to, der er så forskellige fra mig selv. Ja tænk bare, jeg tør lytte til folk; lige meget hvordan de er og så har de et budskab til mig! Det er på samme måde, at Jesus lytter og taler til Hedninge!
Jeg siger tak for dejligt selskab og går ud for at ringe. De er der begge to. Jonas spørger igen til, om hvornår jeg kommer hjem. Jeg fortæller Pia om dagens etape. Hun syntes også det er fantastisk, hvordan tingene kan hænge sammen. Hvor er det dejligt befriende igen, at have Pia til at bekræfte disse oplevelser.
Kl. er blevet over otte. Jeg går ovenpå og slapper af. Jeg kigger på morgendagens etape. Det er den 1. maj; som jeg ikke tænker nærmere over. Jeg har gået i alt ca. 619 km og har ca. 155 km tilbage. Det første albergue er i Triacastela efter 13 km. Herefter deler ruten sig i to. Den korte fører igennem Calvor og er ca. 18 km. Den lange fører igennem Samos og er ca. 22 km. Hvilken rute jeg vælger, vil jeg lade komme an på i

morgen, når jeg kommer der til.

Jeg tænker tilbage på dagens oplevelser. Ivanna er sikkert nået til Triacastela og til hendes Micho. Jeg smiler lidt inde i mig selv, over min vandrens udvikling. Jeg har i dag krydset regionsgrænsen Castilla y Leon/Gacilien og nået til et sted; som på en måde ligger langt ude og alligevel har overnatningsmuligheder og så endda med karbad. Samt at jeg møder disse to damer, netop på sådan et sted; som har mig noget specielt at fortælle mig. Det virker i hvert fald specielt, sat i perspektiv til de personligheder de er. Men hvor er jeg igen bare, dejlig ydmyg og taknemmelig over, at møde det skete. Jeg kan konstatere, at min væremåde gør det nemmere for mig, at tackle situationen med min dårlige fod. Som jo så samtidig gør helingen nemmere og hurtigere.

Jeg lægger mig til for at meditere. Det gør mig bare så dejligt afslappet. Jeg sender nogle kærlige tanker til Pia og Jonas derhjemme. Godnat.

*

24

Jeg får mig igen en god nats søvn, atter med mit natlige wc-besøg. Jeg vågner lidt over kl. 6. Jeg ligger og kommer stille og roligt til mig selv. Jeg kommer op og gør mig klar. Tøjet på og pakket rygsækken. Jeg checker lige at jeg har husket det hele. Jeg går ned for at få noget morgenmad. Jeg hilser på værten og de to damer. Overnatningen og maden er lidt dyrere end det tidligere har været. Men jeg fik mig jo også et dejligt karbad!
Lidt senere er jeg klar til at gå. Jeg får et stempel i mit Pilgrimspas og siger farvel til værten og damerne. Kl. er ca. 7.30, vejret er lidt køligt med plettede skydække. Solen er ikke stået op endnu; men det er begyndt at lysne. Ruten følger hovedvejen fra i går, på en sti; som følger vejen mere eller mindre parallelt. Vejen er ikke så meget befærdet.
Jeg hilser dagen godmorgen og hilser også på mine to kære. Jeg finder igen en sang at synge; derefter kommer min vandringsrytme til mig. Min fod har det rigtigt godt; men smerter stadig lidt. Jeg nyder at gå her. Jeg mærker en dejlig tilfredshed fylde i mig. Vejret holder tørt og solen kommer noget frem. Temperaturen bliver meget behagelig. Efter at have

gået i knap 3 timer, kommer jeg til Triacastela. Jeg syntes der er lidt over dette bynavn. Hvad det er ved jeg ikke. Jeg føler et dejligt velbehag. Jeg finder alberguet, hvor Ivanna og Micho har overnattet. Der er åbent; men ikke nogen mennesker. Jeg kigger efter et stempel; men finder ikke noget. Jeg går ud, nyder vejret og får lidt at spise. Solen varmer bare så dejligt. Jeg kigger på kortet. Her ser jeg, at jeg måske skal lidt udenfor byen, før ruten deler sig. Jeg hilser på forskellige mennesker.

Jeg gør mig klar og går videre. Kl. er ca. 11. Jeg holder godt øje med mærkerne. Jeg finder ikke noget sted, hvor ruten deler sig. Jeg følger bare de mærker der er. Ruten fortsætter på en lille vej; som har noget stigning. Jeg kan se på skiltningen, at ruten fortsætter ad den korte distance, igennem Calvor. Jeg vælger at følge denne vej, da jeg ikke kan finde andre mærker.

Jeg finder igen ind i rytmen, at vandre og synge. Jeg kommer hurtigt til landsbyerne Balsa og San Xil. Ved middagstid kommer jeg til Montán. Her stopper stigningen og ruten flader lidt ud. Vejret holder godt og jeg har skiftet til shorts. Min sang har teksten: "Pia og Jonas jah, vi er familien her ja". Den giver mig så dejlig energi til, at holde en god og fast rytme i at vandre. Jeg møder og hilser på forskellige; både herboende og andre Pilgrimsvandrere.

Ca. kl. 15.45 når jeg til byen Sarria. Først virker det som en billig forstad. Husene ser ikke ud til, at være i en særlig god stand. Jeg kommer tættere på bykernen, hvorefter husene ser bedre ud. Igen sker det, at centrum består af meget ældre bygninger. Den er mere eller mindre velbevaret, hvor der er stejle stigninger og vejene er smalle, meget tæt på husene. Efter kort vandren finder jeg byens albergue, hvor der er plads til ca. 40.

Kl. er ca. 16.15. Jeg går ind og ser mig omkring. Værten er der ikke; men der er en medhjælper. Han kan ikke hjælpe med, at stemple mit pas. Jeg indskriver mig og går af sted for, at finde en god seng. Jeg hilser på forskellige der er ankommet, uden at der er nogle bekendte. Jeg finder en dejlig fjern krog, hvor energien virker fredelig. Her er et par stykker, hvor den ene ligger og sover. Jeg vælger underkøjen.

Jeg kommer af overtøjet og begiver mig hen til baderummet. Det virker ikke som om det er kønsopdelt. Nåh hvad, mig generer det ikke. Jeg går ind og får et dejligt lunt bad. Da jeg kommer tilbage til sengen, er den sovende i mellemtiden vågnet. Jeg hilser på hende. Hun ser ud til at være fra østen, måske Japan. Efterfølgende vælger jeg, at gå en tur i byen for at handle. På vejen ud hilser jeg på nogle bekendte. Det er det tyske par; som jeg har fulgt siden Sahagún. Jeg kommer nedenunder og hilser på medhjælperen. Værten er endnu ikke kommet. Jeg kommer ud og vejret er dejlig behagelig med solskin. Jeg spørger vej efter et supermarked og et apotek. Jeg får fortalt på spansk og syntes at forstå beskrivelsen. Kort efter finder jeg det beskrevne supermarked. Men der er lukket. Jeg ser mig omkring og kan ikke finde nogen åbningstider. Butikkerne holder siesta og åbner gerne igen ved 17 tiden. Kl. er over 17, så jeg forstår det ikke helt. I sidegaden er der et apotek; som også er lukket. Jeg spørger en forbipasserende om hvornår butikkerne åbner. Først i morgen igen, da det er 1. maj i dag. Nåh ja selvfølgelig tænker jeg. Jeg har overhovedet ikke haft det i tankerne, at de fejrer 1. maj også her i Spanien. Jeg spørger igen en forbipasserende, om vej til en netcafé. Efter en del kommunikation, lykkedes det mig at forstå det spanske. Jeg finder den og får sendt nogle e-mails. Der er også breve fra forskellige. Det er dejligt at læse fra andre.

Ca. kl. 18.30 er jeg tilbage på alberguet. Og nu er værten vist kommet. Der er en mindre opstand her. Damen får øje på mig. Vi hilser og hun spørger på spansk efter mit Pilgrimspas. Jeg svarer med en blanding af lidt spansk og engelsk, at det er ovenpå. Hun skynder på mig, om at hente det. Hun skynder også på alle andre. Hun virker godt nok noget forstyrret. Jeg kan mærke,

at jeg er noget tilbageholdende med, at hente mit pas.
Hun får øje på mig igen og atter skynder hun på mig.
Jeg kan bare mærke en god stædighed i mig; som
fortæller at jeg skal blive endnu.
Atter får hun øje på mig og denne gang er hun endnu
mere rasende. Her bliver det mig for meget. Jeg går
hen til hende og fortæller hende mine holdninger på
engelsk. Det er bl.a., at hun ikke skal komme på dette
tidspunkt, flere timer efter mange folks ankomst, bare
sådan gale og råbe op; som en anden kommandør og
forlange, at folk straks skal hente deres pas; bare fordi
hun skal noget senere. Det bedste ville være, at få
medhjælperen til at klare jobbet. Men det vil hun
åbenbart ikke. Jeg ved ikke om hun forstår mit engelsk;
men jeg er sikker på, at hun forstår betydningen. Jeg
siger bare si si til hende for, at få fred og går ovenpå.
Først går jeg på wc. Herefter går jeg hen og finder mit
pas frem. Nej tænker jeg; jeg vil ikke gå ned til hende
for, at hun kan checke min indskrivning. Jeg lægger mig
og slapper af. Jeg kan høre at hun kommer for, at
checke om der nu skulle være andre. Hun ved jo at der i
hvert fald er mig, hun mangler at checke.
Hun kommer også hen til mig. Hun bukker sig ned og
snakker som forvandlet, på den sødeste måde. Jeg siger
ikke noget og giver hende passet. Jeg kan mærke på
hende, at hun har dårlig samvittighed, over hendes

opførsel nedenunder. Hun siger noget på en meget kejtet måde, som lyder: "Uh si Dinamarca". Ja ja siger jeg bare og modtager passet igen. Hun virker som om, hun gerne vil gøre det godt igen. Jeg gør ikke yderligere ud af det. Jeg tænker bare, at det må hun selv rode rundt i.

Bagefter snakker jeg lidt med min unge nabo. Hun hedder Marcia og er født, opvokset og bor i Brasilien. Hendes forældre er begge fra Japan. Hun er i dag ankommet til Sarria for, at starte på hendes Camino og gå helt til Santiago De Compostela. Jeg fortæller hende om min Camino. Hun er noget begejstret over, så langt jeg er gået.

Jeg skal jo have noget at spise. Butikkerne har som sagt lukket. Jeg har ikke megen lyst til, at gå på café/restaurant. Jeg ser på hvad min egen beholdning indeholder. Det er ikke fordi der er det store udvalg. Der skal jo også være til noget morgenmad. Jeg tager det med nedenunder og ser køkkenet an. Køkkenet er der; men der er ikke ligefrem, mange redskaber at arbejde med. Jeg vælger ud fra min beholdning og spiser koldt. Manden fra det tyske par kommer og hilser. Han siger at de vil finde et sted i byen.

Efter maden ringer jeg hjem. Jonas spørger igen til, om hvornår jeg kommer hjem. Han spørger også, om jeg stadig har hans sten med mig. Ja Jonas, jeg har den på

mig og jeg har den også med, når jeg kommer hjem til dig. Jeg fortæller Pia om dagens oplevelser.
Jeg går en tur udenfor og får noget frisk luft. Jeg hilser på nogle og får en sludder på engelsk med en mand. Bagefter går jeg ovenpå og lægger mig. Jeg tager kortene frem og gennemgår dagens etape. Det er gået godt. Min fod har det godt og gør stadig lidt ondt. Jeg har i dag gået ca. 31 km.
Jeg gennemgår også morgendagens etape. Jeg har i dag været af sted i tre uger. I morgen er vandredag nr. 22 og der er kun ca. 114 km. tilbage. Jeg ser på hvilken dag, jeg vil ankomme til Santiago De Compostela. Det er højst sandsynligt, at det bliver på mandag d. 5. maj; på Danmarks befrielsesdag. Første albergue er i byen Ferreiros efter ca.12 km. Det andet sted er i byen Portomarin efter ca. 22 km. Jeg kigger længere frem, da jeg regner med at gå længere. Tredje albergue er i byen Gonzar efter ca. 30 km. Det fjerde albergue er i Ventas de Narón efter ca. 35 km. Igen bliver det spændende, at se hvad dagen i morgen byder på.
Jeg gør mig klar til natten, med toiletbesøg og børstet mine tænder. Jeg lægger mig til, for igen at meditere mig til ro. Buenos noches.

*

25

Natten forløber som den plejer. Jeg vågner ved kl. 6.10, meget udhvilet. Marcia, min nabo er lige stået op, som jeg hilser godmorgen til. Jeg bliver liggende og betragter mine omgivelser. Jeg står op og kommer i tøjet. Der er stadig flere; som ligger og sover. Jeg skynder mig hurtigt uden system, at pakke mine ting sammen for, at komme væk fra sengen; så jeg ikke skal tilbage dertil. Det vil bare forstyrre de sovende. Jeg kommer nedenunder, hvor jeg får spist morgenmad. Her hilser jeg på flere, bl.a. det tyske par.
Jeg er altid god til at hilse på folk. Det er jo ikke alle jeg får snakket med. Det kommer måske ved en senere lejlighed, hvor vi evt. mødes igen. For hilser man på folk, er det nemmere at huske hinanden.
Kl. er ca. 7.20 d. 2. maj 2003, hvor jeg forlader dette albergue i Sarria. Mine tanker går tilbage til min oplevelse, med den oprevne vært. Jeg smiler inde i mig selv og sender hende tilgivelse og andre kærlige tanker. Jeg kommer af sted med en god mine og et roligt sind. Jeg finder hurtigt afmærkningerne; som fortæller hvilken retning jeg skal vælge. Jeg hilser dagen godmorgen, hvorefter jeg straks hilser mine kæreste derhjemme, en behagelig godmorgen.

Det er altid spændende at komme udenfor og afsted for, at se hvordan vejret er. I dag er det igen tørvejr, med et tyndt skylag. Der er en frisk kølig morgenbrise på. Jeg finder igen hurtigt ind til en god rytme at vandre i, samt en sang at synge. Jeg synger min familiesang. Den vækker nogle dejlige følelser.
Jeg mærker efterhånden, næsten ikke mere til smerterne i foden, når jeg vandrer. Mine støvler er bare så fantastiske at have på. Efter kort tid er jeg nået uden for byen. Jeg følger hovedvejen et kort stykke, hvorefter ruten drejer fra; ad en mindre vej. Her er der noget stigning på. Jeg kommer snart til nogle små landsbyer. Imellem er der forskellige slags landskaber, med marker, skove og andet. Efter halvanden times vandren, krydser jeg igen hovedvejen. Herefter er det bare landsbyer, med meget små mellemrum. Jeg møder forskellige, bl.a. en gruppe med fire ældre spanske mænd. Jeg hilser på dem imens jeg passerer dem. Senere er der en enkelt spansk mand. Ruten fortsætter ad små veje. Nogen gange kommer jeg ind på markveje/grusveje og stier. Denne slags vej har jeg dog ikke set før. Grusvejen fortsætter ud i en slags bæk. Her er anlagt store flade sten at træde på. Det er dog ikke sikkert, at komme tørskoet igennem, så jeg er glad for mine tætte støvler. Det var en spændende og dejlig måde også, at møde Caminoen på.

Efter ca. 20 km. vandren er jeg tæt på Portomarín. Kl. er ca. 11.30. Jeg begynder at kan se en stor flod. Den hedder Miño. Jeg møder et menneske; som jeg ikke husker særligt meget af. Jeg kan ikke huske, om det er en kvinde eller en mand. Jeg ved at der er en betydning i mødet. Efter mødet med denne person, kommer jeg noget foran; flere hundrede meter; måske en km. Det er som om jeg gerne, vil væk fra vedkommende. Det er ikke fordi jeg er bange; men mere som i en konkurrence i, at komme først.

Jeg kommer igen ud og følger hovedvejen. Den følger her parallelt med floden. På den anden side af floden, er byen Portomarín. Jeg kommer ud på broen for, at

krydse floden. Jeg kigger tilbage for at se efter
personen og får ikke øje på vedkommende.
Portomarín er som hævet over niveauet. For at komme
derop er der bygget, en bemærkelsesværdig trappe.
Jeg ser på kortet, at ruten ikke nødvendigvis fører ind
til byen. Kun hvis man skal finde alberguet, er der behov
for at gå derind; ellers fører ruten venstre nedenom
byen. Jeg vælger at gå op ad trapperne, ind til byen, da
jeg mangler at handle. Jeg kigger igen efter personen.
Jeg ser nu at hun er tæt på broen, på den anden side.
Jeg er også sulten. Jeg finder et sted og spørger om
der kan spises. Nej det er kun muligt at købe
drikkevarer. Jeg går videre og finder så en lille
købmand, hvor jeg får fyldt op med proviant. Bagefter
finder jeg et sted, hvor jeg kan sidde og spise. Jeg
hilser på forbipasserende. Vejret er tørt; men ikke
specielt varmt.
Kl. er ca. 12.45, hvor jeg beslutter at gå videre. Ruten
fører ad en sti nedenfor hovedvejen, tæt på floden
Miño. Efter et par km. drejer den til højre, væk fra
floden.
Den måde som jeg efterhånden, har fundet ind til at gå
på gør, at jeg kan vandre til, i et jævnt og godt tempo.
Jeg formår at bruge minimalt af anstrengelser, da jeg
har trænet mig selv i, at være i mit hjerte. Dvs. at min
fokus ikke er påmønstret noget enkelt; som jeg så ville

have brugt megen energi på. Jeg gør mig selv, min
vandren og omgivelserne, til en større enhed ved, at
trække tankekontrollen ned i hjertet. På den måde får
jeg energi, imens jeg vandrer; så jeg ikke føler den
store træthed, f.eks. når jeg kommer til et
overnatningssted. Det jeg mest kan mærke, er den
byrde jeg har, i forbindelse med min rygsæk. Men det
er også, på et dejligt begrænset niveau.
Efter ca. to timers vandren når jeg byen Gonzar, hvor
jeg finder alberguet, kl. er ca. 15. Gonzar er en lille
landsby og virker meget rolig. Alberguet er åbent og jeg
går ind. Her er ikke nogen. Jeg ser mig lidt omkring og
kan bekræfte, at jeg er den først ankomne. Jeg
beslutter mig for at blive her. Inden for døren er der
et lille skrivebord. Her stempler jeg mit Pilgrimspas og
indskriver mig. Bagefter går jeg ovenpå og finder mig en
seng. Tager rygsæk og støvler af og gør mig det
bekvemt. Jeg pakker soveposen og få andre ting ud. Jeg
finder rent tøj frem og går i bad.
Det er igen bare så skønt, at komme i bad. Efter badet
kommer jeg i tøjet. Jeg går nedenunder for, at se
stedet nærmere an. Jo her er sandelig et køkken, med
redskaber og bestik. Jeg går også lidt udenfor og nyder
igen den friske luft.
Da jeg igen er ovenpå, lægger jeg mig for, at se tilbage
på dagens etape, samt at gøre mine notater. Hvad angår

oplevelser, har dagen været meget rolig. Jeg har mødt nogle søde og rare mennesker. Gad vide om der kommer nogle af dem jeg kender. Min fod har det meget godt, også når jeg ikke har mine støvler på. Jeg har i dag vandret ca. 30 km og er i alt oppe på 670 km. Jeg mangler dermed stadig 104 km.

Jeg kigger også på morgendagens etape. Den næste lidt større by er Palas De Rei efter ca. 17 km. Casanova er efter ca.24 km. Leboreiro er efter ca. 28 km. Melide er efter ca. 32 km. Jeg regner ikke med at skal gå længere, da der er ca. 45 km til Ribadiso de Baixo.

Jeg hører nu at der kommer nogen. Det er en som jeg ikke kender. Efterfølgende kommer der mange.

Alberguet er ikke særligt stort. Her er plads til ca. 20 sovende. Der kommer også en del, som jeg har set før. Det er det tyske par, Marcia samt de spanske mænd. Det viser sig at 5 venner går Caminoen og mødes så på et aftalt albergue. Det er de fire mænd jeg passerede, samt efterfølgende den ene mand. Jeg hilser på dem alle.

Der er godt nok kommet liv i huset. Ved siden af mig i underkøjen, er der en ung spansk pige. I køjen over hende, er der en ung spansk mand. Marcia sætter sig og snakker med pigen. Der kommer også en anden ung spansk pige til.

Min nabopige og den anden unge pige, har begge brug

for hjælp til, at pleje deres fødder for vabler. En af de
spanske mænd bliver tilkaldt og hjælper dem. Også
manden fra det tyske par kommer til. Vi snakker om
hvordan det mon er bedst, at behandle vabler. Det gives
der forskellige eksempler på. Jeg snakker også med
dem om meget andet. Det føles meget rart at der
ligesom, er en større forenethed.
Marcia præsenterer mig for de spanske personer. Jeg
får de andres navne at vide; men kan ikke huske dem.
Jeg kan mærke at der er noget specielt, ved mødet med
alle disse mennesker, som jeg er sammen med her.
Jeg går nedenunder for, at komme udenfor. Vejret er
dejligt blidt. Det er ikke helt skyfrit. Solen varmer
godt, når den skinner igennem. Jeg går lidt rundt og ser
stedet an. Byen er ikke meget større end en snes huse.
Mange andre kommer også ud. Kl. er ca. 18.20. Jeg
vælger at ringe til Pia og Jonas. Vi snakker sammen
nogen tid, hvor jeg bl.a. fortæller om de mennesker jeg
har mødt og genmødt. Pia og Jonas har det også meget
godt. Vi snakker også om, at jeg snart er ved
vandringens ende. Pia har tidligere været i Santiago De
Compostela og besøgt katedralen. Hun snakker om, at
jeg skal ringe til hende, når jeg kommer til Santiago De
Compostelas bygrænse og fortælle hende om mine
følelser deri. Jeg fokuserer ikke så meget omkring, det
hun fortæller lige nu, da jeg har brug for bare at være

her i nuet.
Jeg går ind for, at forberede mig til noget aftensmad.
Jeg finder det frem jeg har handlet. Da jeg kommer
ned i køkkenet, er der andre i gang, bl.a. de 5 spanske
mænd; som spiser samlet. De lyder meget søde og
hyggelige. Jeg husker ikke lige, hvad jeg får at spise;
men det er i hvertfald godt. Imens jeg sidder og spiser
kommer manden fra det tyske par og hilser. Det er bare
så skønt, på sådan en tur; hvordan man er så forenede.
Jeg gør rent og rydder op efter mig. Det var dejligt at
få noget at spise. Min krop er fyldt op med brændstof,
så den kan slappe af. Jeg føler trætheden komme. Kl. er
ca. 20.15; jeg beslutter mig for, at gå ovenpå. Jeg
lægger mig og nyder selskabet omkring mig. Jeg
spørger til de to unge piger, vedr. deres fødder.
Jeg gør mig klar til natten. Klæder mig af, så jeg kun
har underbukser på. Det er bare så skønt, at ligge uden
andet tøj på. Og så er det også en bedre måde, at holde
varmen på i soveposen. Jeg gennemtænker dagens etape
og er godt tilfreds. Jeg tænker også på hele turen
indtil nu. Alt det jeg har oplevet. Og ikke mindst de
mennesker jeg har mødt. Jeg kan begynde at se og føle,
at fra jeg har mødt de mennesker i denne forsamling,
siden Sarria; er der en lighed med de mennesker jeg var
sammen med, de fem første dage af Caminoen, indtil
Estella. Bare med en kæmpe forskel i mine følelser; som

fortæller mig, at jeg har flyttet mig og lært rigtigt meget, i mellemtiden.
Jeg siger godnat til de nærmeste omkring mig. Jeg lægger mig godt tilrette. Jeg foretager min afslapningsøvelse og efterfølgende meditation.

*

26

Min nat forløber sig, som alle de andre førhen. Jeg vågner lidt over kl. 6, føler mig igen tilpas og udhvilet. Jeg kigger mig omkring og ser at andre allerede er stået op, heriblandt Marcia. Kort tid efter står jeg selv op, på denne 23. dag, etape nr. 22, lørdag d. 3. maj 2003. Jeg hilser på de forskellige, samtidig med at jeg kommer i tøjet.

Efter at have gjort mig morgenklar, tager jeg mine ting med nedenunder og spiser morgenmad. Her hilser jeg på flere, bl.a. de 5 spanske mænd og det tyske ægtepar. De er alle i dejligt godt humør. Det smitter og gør mig ekstra glad og tilfreds. Sikke et privilegium at have denne frihed til, at påskønne sig dette.

Kl. er ca. 7.30, hvor jeg forlader alberguet i Gonzar og ønsker alle omkring mig "buen Camino". Vejret er tørt med nogle skyer. Det er lidt køligt og det er begyndt at lysne; så solen står nok snart op. Jeg smiler op til himlen og området, hvor jeg nyder den omkringværende energi. Jeg sender en godmorgen hilsen til dagen og selvfølgelig til mine to kære der hjemme.

Jeg kommer godt i gang med at vandre. Mine fødder har det meget godt. Smerterne i foden mærker jeg ikke til mere. Jeg kan mærke at der stadig er nogle

spændinger; som ikke generer mig. Jeg finder igen ind til at synge. Det bliver til min familiesang. Ind imellem kommer jeg også ordene tro, følelser og kærlighed til sangen.
Ruten slår nogle knæk. Først kommer jeg forbi nogle bygninger, hvorefter jeg forlader Gonzar. Her følger jeg en skovsti, hvor der er noget stigning på. Kort efter henter jeg Marcia. Vi hilser på hinanden, hvorefter jeg fortsætter i mit tempo.

Jeg kommer op på landevejen. Her må jeg bare stoppe; for sikke et syn. Solen er lige kommet op over horisonten og kl. er 7.49. Jeg kigger tilbage ud over et stort dalområde; som er dækket af et stort tæppe skyer. Solen giver sådan et fantastik lys. Jeg tager et par billeder og føler den vidunderlige energi; der er i at have denne oplevelse.

Det gør mig bare så glad og lykkelig, at være på denne Camino, når tingene kommer til mig, på en så smuk og blid måde. Jeg føler mig meget ydmyg og taknemmelig over mit liv.

Jeg går videre derudad. Der går ikke lang tid, hvor jeg har min næste oplevelse. Jeg møder en ældre spansk mand. Han ser ud til at vandre alene. Vi hilser på hinanden. Han følger mig og begynder også at snakke til mig. Han snakker et lidt gebrokken engelsk; som jeg godt kan forstå. Han fortæller at han godt kan lide, at vandre sammen med andre. Jeg kan mærke en lidt for påtrængende energi, fra hans side. Jeg siger til ham: "I like to walk solo". Men det lader ikke til, at han forstår min lille hentydning, da han bliver hængende. Han fortsætter med at snakke til mig. Noget af det svarer jeg ikke på. Jeg tænker på hvad jeg skal gøre for, at komme af med ham. Jeg stopper op for at tisse og tager et æble fra min rygsæk. Han kigger efter mig og er lidt tøvende med at fortsætte. Jeg ser at han heldigvis fortsætter alene. Men der går ikke lang tid, hvor jeg ser ham vente. Han ligner et stort spørgsmålstegn. Han ved ikke hvilken vej han skal følge, da han ikke kan få øje på nogen markeringer. Jeg

tænker inde i mig selv: "Gå dog venligst videre. Følg vejen til højre". Min intuition fortæller mig, at ruten fortsætter til højre.
Ganske rigtigt, da jeg kommer hen til ham spørger han mig om vej. Og da jeg kigger ad vejen til højre, får jeg øje på et mærkat. Jeg siger det til ham og peger i retningen. Herefter beslutter jeg, at sætte lidt mere tempo på for, at komme fra ham igen. Det lykkes mig og jeg føler en lettelse. Jeg sender nogle kærlige tanker til manden om, at han fortsat må have en god Camino. Jeg kommer til en del små byer. Her møder jeg mine 5 spanske venner. Nogle gange er det lidt sjovt, at høre hvordan de er utilfredse, med deres vandrings tilstand. Det er aldrig ukompliceret, at vandre flere sammen. Vi hilser på hinanden.
Et kvarters tid efter kommer jeg til byen Palas De Rei. Jeg har i dag, indtil nu vandret 16 km. Jeg tænker på, at jeg kun har ca. 78 km til Santiago De Compostela og dermed vandret ca 700 km. Jeg finder mig en café, hvor jeg får mig noget mad og drikke. Vejret er dejligt flot med solskin. Jeg hilser på forskellige besøgende.
Kl. er ca. 12, hvor jeg forlader den lille by Palas De Rei. Efter en halv times vandren, møder jeg et af talrige kors. De symboliserer afdøde mennesker; som har gjort en stor gerning.
Min sang: "Pia og Jonas jah, vi er familie her jah",

fortsætter jeg med efter, at have fundet ind i et fast vandretempo. Igen er her mange små byer, med kort afstand imellem. Det er igen hyggeligt at møde og hilse på lokalbefolkningen. Pludselig er der en; som klapper mig på skulderen. Jeg vender mig om. Til min store glædelige overraskelse er det Dimas. Vi hilser på hinanden og sludrer sammen mens vi følges. Han har det fortsat meget godt. Det er godt nok sjovt, når jeg tænker på det; at jeg og Dimas har fulgtes ad, mere eller mindre, siden andendagen hvor jeg mødte ham første gang. Vi kommer hen til en åben plads, hvor der også er en kending. Det er danskeren jeg mødte, i Villafranca Del Bierzo; hvor han rådede mig til at pausere. Vi hilser også på hinanden. Jeg hilser også på hans spanske veninde; som han jo åbenbart har genfundet.

Jeg kan mærke at energien er opkørt her. Jeg ved hvorfor og vælger at gå videre. Dimas vælger at holde pause her. Jeg siger farvel til dem alle. Jeg kan mærke at danskerens energi, er meget oppe i hovedet; bl.a. pga. hans lille spanske veninde. Hun ser da også meget køn ud og virker meget sød; en god lille sag! Jeg har brug for at finde, en mere rolig energi omkring mig. Derfor fortæller min intuition mig, at jeg skal gå fra dem, for at blive i min mere jordbundne energi.

Efter ca. 24 km forlader jeg region Lugo for, at komme

ind i region Galicien; som er regionen hvor Santiago De Compostela er i. Hver lille hændelse gør større indtryk på mig, jo nærmere jeg kommer Santiago. Disse hændelser giver mig, så stor en følelse af ydmyghed og taknemmelighed, at jeg bare er så beæret over, at være hvor jeg er.

Kl. er lidt over 15, hvor jeg ankommer til Melide. Byen er ikke særlig stor og hurtigt finder jeg frem til alberguet. Det er til gengæld forholdsvis stort, med 130 sovepladser. Der er allerede ankommet nogle; men ingen jeg kender. Her er endnu ikke nogen værter til at tage imod. Jeg går ind i stueetagen og finder mig en seng. Der er opdeling med gange, hvor der er placeret 4 dobbelt køjesenge, på hver side. Jeg hilser på folk; der allerede har pakket ud og ligger for at slappe af. Jeg pakker selv ud og gør mig klar til et bad.

Siden jeg i morges startede fra Gonzar, har der været en større flok turistvandrere fra Tjekkiet; som blev sat af en bus. Dem er der en del af ankommet her til.

Jeg får mig et velfortjent lunt bad; som bare gør mig så godt. Herefter finder jeg mit tøj sammen og vasker det nødvendige. Jeg har ingen vaskepulver, så jeg bruger af min hårshampoo. Imens jeg hænger mit tøj op ude bagved i solen, kommer der flere på cykel; som jeg også hilser på.

Jeg går tilbage til min seng. På vejen derhen hilser jeg

på det tyske ægtepar. Vi snakker kort sammen, om hvordan dagen er gået. Jeg lægger mig, kigger på mine kort og gør dagens notater. Jeg har gået 32 km, hvorefter der er 54 km til Santiago. Jeg tænker tilbage på dagens oplevelser. Det var dejligt igen at møde Dimas. Ja livet har nogle underfundige forbindelser til, at gøre noget; der har en stor kærlig effekt. Der findes jo ikke noget; som er tilfældigt. Jeg rejser mig og går ud for at se, om der er kommet nogle bekendte. Her møder jeg Marcia. Vi hilser og snakker lidt sammen. Jeg hilser også på, de to unge spanske piger og den enes ven, samt de fem spanske mænd. Pigerne ømmer sig over deres vabelsmertende fødder.

Efter kort tid går jeg ind igen. Nu er der kommet nogle værter. Jeg ser at der er begyndt at danne kø. Jeg henter mit Pilgrimspas og stiller mig op. Det er godt, at der er flere til at skrive folk ind, da der kommer mange pilgrimme til.

Jeg går udenfor og kigger lidt. Nogle folk går sig en tur. Marcia kommer ud. Hun spørger om jeg ved hvad "Pulpo" er. Nej svarer jeg. Hun fortæller mig at det er blæksprutte. Her i Melide er det nationalret. Denne dag d. 3. maj, er der tradition for at spise pulpo. Hun spørger om jeg vil med, ud at spise Pulpo. Jeg svarer nej, da jeg ikke har lyst til, at gå nogle steder.

Jeg går ind for at forberede mig til aftensmaden. Der er allerede godt gang i køkkenet. Her er også mange mennesker. Jeg husker ikke hvad jeg fik; men det var helt sikkert, igen noget godt, hvorefter jeg rydder op og gør rent efter mig.

Jeg går hen til min seng og lægger mig lidt. Jeg tænker igen tilbage på dagens etape. Gad vide hvor Dimas er nu. Og mon Chris fra Canada er nået til Santiago nu. Det er han sikkert, da han går rask til.

Jeg går igen udenfor, denne gang for at ringe hjem. Vi får en god snak, hvor jeg fortæller om dagens oplevelser. Pia griner af de sjove situationer. Vi snakker om at der kun er ca. 54 km og dermed to dage til Santiago de Compostela.

Marcia kommer tilbage fra sin pulpospisen. Hun fortæller at det smagte godt. Vi bliver begge udenfor og får os en lang snak. Hun fortæller lidt om hendes liv. Hun er lidt i vildrede, over en beslutning hun skal tage. Jeg finder Salemkortene frem, hvorfra hun vælger et. Jeg fortæller hende om kortet og hvad hun kan gøre med det. Vi går begge indenfor, siger godnat og går hver til sit.

Jeg føler mig godt tilpas og er klar til en god nats søvn. Jeg aflægger mit sidste toiletbesøg og får børstet mine tænder. Jeg kommer ind til sengen. Her siger jeg godnat til forskellige. Jeg lægger mig godt til rette, hvorefter jeg foretager min afslapningsøvelse uden at mediterer. Jeg er igen på toiletnattevisit.

*

27

Søndag d. 4. maj 2003 vågner jeg ved kl. 6.00. Jeg kigger og lytter efter de forskellige. Der er allerede nogle oppe og gøre sig klar til dagens tur. Jeg føler mig dejlig udhvilet. Jeg gør mig tankemæssigt, langsomt klar til at stå op. Jeg tænker på at det er min næstsidste etape. Det føles godt. Jeg kommer op og hilser på forskellige; både liggende og oppestående. Jeg kommer i noget tøj og går på toilettet. Her vasker jeg mig også; som gør mig mere frisk.
Jeg går tilbage og finder min proviant frem. Det gør godt med noget morgenmad. Jeg kigger igen lidt på ruten. Samtidig får jeg en dejlig, ydmyg fornemmelse i kroppen om, at være mig selv meget veltilfreds. Jeg pakker sammen og gør rygsækken klar. Støvlerne og det sidste tøj kommer på. Kl. er ca. 7.20, hvor jeg forlader alberguet i Melide.
Mine tanker er hos Pia og Jonas. Igen fyldes jeg med, en dejlig blid fornemmelse af ydmyghed; så jeg får tårer i øjnene.
Det er ved at lysne. Her er lidt køligt; men jeg får hurtigt varmen ved at vandre. Jeg finder igen en sang at synge og har derved, en rigtig god rytme at vandre i. Jeg møder forskellige mennesker; som jeg hilser på.

Efter at have vandret i knap 3 timer, når jeg til Arzua. Det er en pæn halvstor by. Her finder jeg en café, hvor jeg får mig noget at spise. Her er ikke særligt mange mennesker, så der er meget stille.

Efter ca. 45 min. går jeg videre. Solen er kommet frem; men ikke helt uden skyer for himlen. At forlade Arzua har en stor symbolsk betydning for mig. Herved tager jeg fat på det sidste, af de i alt 31 etapekort; som viser vejen til Santiago De Compostela. Nu er der kun ca. 40 km tilbage. Jeg føler mig meget beæret ved, at have nået så langt.

Jeg synger igen veltilfreds min sang; som giver mig fornyet energi. Først følger jeg på et stisystem hovedvejen. Efter et par kilometer, efter byen Raido, følger ruten en mindre landevej, væk fra hovedvejen. Det nyder jeg igen, da det giver mindre støj. Her kommer jeg igennem flere mindre byer, hvor jeg hilser på lokalbefolkningen. De hilser altid gladeligt igen, da Pilgrimsvandrere, langt de fleste steder, er meget vellidte i Spanien. Det er virkelig dejligt, at møde sådan en åbenhed, her iblandt befolkningen.

Der er trukket skyer op, så det er begyndt at regne. På med regntøjet og så videre. Kl. er ca. 15, hvor jeg er når til byen Santa Irene, med et albergue. Det er et lille privat sted, med få pladser. Jeg tager i døren; men der er låst. Det viser sig at der ikke er nogen hjemme. Jeg

beslutter mig for, at gå videre. Et par hundrede meter længere fremme, er der et albergue til; som er lidt større. Jeg går ind for at føle efter. Der er allerede kommet nogle, og her er pladser nok. Jeg tænker at det regner jo, og her inde er det tørvejr. Jeg mærker en uro i mig. Ud fra denne følelse vælger jeg at gå videre. Ud i regnen igen. Herregud tænker jeg, der er kun 4-5 km. til Arca Do Pino, hvor det næste albergue er.
Lidt i kl. 16 kommer jeg til Arca Do Pino. Alberguet her er næsten lige så stort, som det i Melide, med pladser til 120 overnattende. Det ligger ca. 30 m. fra hovedvejen, lidt lavere i terrænet. Jeg går ind, og her er igen ankommet flere før mig. Jeg beslutter at blive her. Jeg finder en seng i en underkøje. Jeg hilser på forskelligt ankomne, hvor iblandt der også er nogle jeg kender. Det er lidt spændende at holde øje med, om alle dem jeg kender fra de sidste 3 dage, også kommer her. Jeg får hængt det våde tøj til tørre. Herefter lægger jeg mig lidt og kigger på dagens etape. Jeg syntes selv at det er gået meget godt. En jævn dag, uden de store oplevelser. Det er også fint nok for mig, da det er den sidste dag med overnatning, inden jeg når målet i Santiago. Så der er nok af følelser; der presser sig på. Jeg har i dag vandret ca. 33 km, så jeg har kun 19 km, at vandre i morgen, til jeg når Santiago De Compostela. Jeg kigger også på ruten i morgen. 19 km, ca. 4 timers

vandren. Jeg kan sikkert nå dertil inden middag. Jeg har fået fortalt, at der afholdes en stor messe i Santiagos katedral kl. 12, hvor alle de Pilgrimsvandrere; der kommer i mål, bliver nævnt ved deres nation.
Jeg står op igen og kigger mig omkring. Jeg hilser på de 5 spanske mænd, som alle er ankommet. Imens jeg snakker med en af dem, kommer også Marcia og hendes veninder. Også det tyske ægtepar kommer her til.
Værten ankommer, så vi alle kan indskrives. Der er flere om jobbet, da der er mange overnattende. Jeg går hen og hilser på Marcia og får en lille snak. Hun spørger om vi skal spise sammen på en café, lidt længere nede af vejen. Jeg siger ja, og er glad for lidt selskab.
Jeg går i bad. Vandet er vidunderligt lunt. Jeg nyder strålernes friskende skyl. Bagefter vasker jeg noget tøj. Jeg lægger mig lidt hen. Jeg kan mærke en træthed. Jeg føler mig noget brugt. Jeg føler samtidig en dejlig tilfredshed, sprede sig rundt i kroppen. Følelserne strømmer op i mig; hvor jeg bliver ydmyg og får lidt fugtige øjne. Jeg føler det er som om, jeg er specielt udvalgt til at være her. Jeg kigger igen på denne dags rute og tænker turen igennem. Kl. er lidt over 18. Jeg ringer til mine kæreste derhjemme. Jeg fortæller om dagens etape, samt at jeg skal ud at spise med Marcia. Pia ønsker mig en dejlig aften.
Jeg står op, går lidt rundt og snakker med forskellige.

De 5 spanske mænd fortæller lidt om deres dag. Der er en rolig stemning iblandt alle her. Folk er forskelligt berørte over, at være så tæt på Santiago De Compostela.
Jeg mødes med Marcia og vi går af sted. Der er flere i caféen, som jeg genkender. Jeg hilser på dem alle. Vi får en dejlig Pilgrimsmenu at spise, med vin og vand til. Vi snakker bl.a. om dagen i morgen. Om at nå til Santiago i så god tid, at vi kan nå til Messe i katedralen, kl. 12 middag. Det er i hvert fald noget, jeg gerne vil opleve, nu hvor jeg er nået så langt.
Vi går tilbage til alberguet. Vejret er stille og mildt. Der er en ro over stedet, ligesom for at hjælpe dem; der skal vandre den sidste vej i morgen.
Vi siger godnat og går hver til sit. Jeg gør mig klar til natten. Jeg lægger mig og tænker over dagens forløb. Jeg tænker på de mennesker jeg har mødt, på denne tur. Hvad de har af betydning for mig. Jeg føler at jeg har fået et venskab, med hver af dem; som jeg har truffet på denne Camino. Det er som om, at vi alle er én stor familie. Jeg tænker også at dagen i morgen, hvor jeg går ind i Santiago De Compostela, er Danmarks befrielsesdag. Jeg laver afslapningsøvelse og mediterer kort. Igen i nat er jeg på tissetur.

*

28

Mandag d. 5. maj vågner jeg lidt i 6. Flere er allerede stået op og er ved at gøre sig klar. Jeg hilser på nogle. Kort efter står jeg selv op. Jeg går på toilet og vasker mig. Jeg kommer i mit vandretøj og pakker rygsækken. Jeg finder noget morgenmad frem, hvor jeg spiser det sammen med andre, bl.a. det tyske par. Vi hilser på hinanden og snakker lidt om dagens tur.
Kl. er ca. 7.10, hvor jeg forlader alberguet. Igen hilser jeg på mange forskellige. Vejret er mildt og roligt. Det er stadigt mørkt. I horisonten kan jeg ane, at det er ved at lysne. Jeg finder mig et godt tempo og tænker på Jonas og Pia derhjemme. Jeg vil vente lidt med at ringe godmorgen til dem. Efter ca. en halv times vandren henter jeg Marcia. Vi hilser på hinanden og siger tak for sidst. Jeg fortsætter i mit tempo og går fra hende. Jeg ringer nu til mine to, i vores lille smukke landhus. De har sovet en dejlig søvn. Pia husker mig på, om jeg ikke vil ringe til hende, når jeg går ind i Santiago de Compostela. Ja, selvfølgelig vil jeg det. Jeg finder ind til at synge igen. Mine fødder har det godt, i mine efterhånden godt tilgåede støvler. Det er blevet tydeligt, at se hvor brugte de er, da et yderst slidlag på sålen, har løsnet sig. Men hvor er de bare pragtfulde, at

have på mine fødder. Jeg synger om at Pia og Jonas er min familie.
Det er ikke de store naturbilleder jeg oplever i dag. Selv om det ikke er det; som har været det primære af betydning for mig, på denne vandring, har det en stor betydning for mig i dag. Jeg føler at jeg har brug for, at holde mig selv i en lav profil. Det er dagen med det den indeholder, som følger mig på vej.
Efter knap 2 timers vandren kommer jeg forbi Santiago De Compostelas lufthavn, "Aeropuerto de Lavacolla". Okay tænker jeg, så har jeg kun godt 10 km tilbage.
Jeg spiser lidt let og får noget vand. Jeg tænker på, om hvornår mon jeg får øje på Santiago. Jeg ved at jeg skal forbi Caminoens største albergue "Monte del Gozo"; som har plads til 500 overnattende.
Kl. er ca. 10, hvor jeg når til Monte del Gozo. Her fra er der ca. 4 km til Santiago. Det ligger på en bakke. Da jeg når op på toppen, kommer noget af Santiago De Compostela til syne.
Her fra går det bare nedad, mod den store by. Jeg holder stærk fokus i mig selv, for bedre at være i mine følelser, så jeg holder jordforbindelsen. Jeg føler mig godt tilpas.
Jeg synger stadig. Jeg har lavet lidt om på sangen, så den er mere retningsbestemt. Jeg synger: "Pia og Jonas ja, vi er familien ja". Retningsbestemt så jeg selv ved

hvem det er; der hører til betydningen af ordet "familie". Der er mange mennesker; der bruger ordet "familie", for alle andre som er tilhørende ens egen slægtsfamilie. Det er her jeg har brug for, at kan mærke forskellen.

Mine tanker og følelser kommer op i mig. Nu nærmer jeg mig drastisk bygrænsen. Jeg kan se byskiltet; som er placeret på en bro. Jeg ringer til Pia for, at fortælle hende om situationen, og ligesom være med i det. Jeg snakker med hende, samtidig med at jeg krydser bygrænsen. Det er bare godt.

Jeg ved at der stadig er et par km. ind til centrum og katedralen. Og nu hvor jeg er kommet inden for bygrænsen; samtidigt hvor Santiago er en rimelig stor by, er det kompliceret for mig, at holde fokus på tegnene. Jeg hilser på forskellige mennesker. Kort efter taber jeg tegnene af syne. Jeg har et bykort med mig; men det er svært for mig at læse det. Jeg møder andre Pilgrimsvandrere. Jeg snakker med en; som jeg følges med.

Jeg kommer ind i de smalle gader, hvor der ingen biler er. Her er mange mennesker; som jeg hilser på. Det er virkelig en smuk oplevelse. Her er mange små butikker, som har forskellige slags souvenirs, meget omhandlende Caminoen. Jeg kommer til et stort springvand, på et større område. Jeg kigger op og ser en kæmpestor katedral. Jeg tænker, det kan kun være den. Den har en masse udsmykning af forskellig art. Der fører trapper opad imod den, så den virker bare det større. Jeg hilser på nogle Pilgrimsvandrere. De viser mig hen til Pilgrimskontoret. Ja det er jo lige der ca. 50 m. borte, med et stort skilt udenfor, hvor det også er skrevet på dansk. Kl. er lidt over 11, hvor jeg kommer ind på kontoret. Jeg placerer rygsækken mod væggen og stiller mig i kø. Det går rimeligt hurtigt. Jeg afleverer mit Pilgrimspas; som får det sidste stempel. Kvinden udfylder noget papir, hvorefter jeg får et diplom, som øjensynligt bevis på, at jeg har gennemført Caminoen. Jeg lægger det i rygsækken og stiller den et mere roligt sted. Jeg går ud for at se mig omkring. Jeg hilser på forskellige, hvor der også er nogle jeg genkender. Jeg går op ad trappen mod katedralen. Her er mange turister. Der er en større flok, måske nogle amerikanere. Jeg går længere rundt om katedralen, hvor jeg kommer til en noget større plads. Her møder jeg igen flere vandrere, som jeg hilser på. Jeg går tværs over pladsen og kommer til en trappe; som går op og væk fra katedralen. Her går jeg igennem en slags smøge og kommer ud på en form for gågade. Ja men hvem er det dog der kommer her. Det er Marcia. Hun følges med nogle af de andre venner og veninder. Vi hilser, hvor jeg fortæller om kontoret. Jeg følges med

dem og viser vej dertil. Vi bliver enige om, at de hurtigt
får deres diplom, hvorefter vi finder vej ind i
katedralen, til den daglige messe.
Vejret er skønt lunt og solrigt. Imens jeg venter
udenfor kommer der flere jeg kender, bl.a. det tyske
par som jeg hilser på. Lige pludselig er der en der råber
efter mig. Det er jo Dimas. Vi giver hinanden et dejligt
kram. Han fortæller at han ankom for to dage siden.
Han har det rigtigt godt. Han fortæller at han har
indlogeret sig på et Hostal, lidt længere nede i byen.
Marcia og de andre kommer ud igen. Tyskerne får
Marcia til, at fotografere mig sammen med dem. Det er
da bare dejligt. De 5 spanske mænd kommer forbi og
hilser. Jeg ringer til Pia og fortæller hende om
ankomsten, samt den forestående messe. Hun syntes
det lyder spændende.
Vi går alle op til katedralen. Der er mange på vej derind,
så der er en lang kø. Jeg følges med Marcia. Ved døren
sidder der nogle og tigger. Den ene med et billede af en
lille pige. Vi kommer ind. Sikket et syn. Udenfor rejser
den sig højt mod himlen. Indenfor virker den næsten
uendelig stor; måske pga. det lidt lys der er herinde.
Der er mange flere specifikke udsmykninger indenfor.
Her er mange mennesker, nok et par tusinde, hvor nogle
er fra lokalbefolkningen, som ser noget bedrøvede ud.
De virker overhovedet ikke på nogen måde glade. De

sidder med foroverbøjet krop. Nogle af dem formår kun lige, at skele lidt ud til siden. Munkene som også går rundt, virker heller ikke glade.
Vi kommer længere ind i katedralen. Det hele er bare så stort. Jeg vil ikke beskrive det i ord, da jeg ikke har dem. Billeder vil jeg ikke have her indefra. Jeg vil huske stedet i mine følelser. Og billedmæssigt er katedralen jo helt fantastisk. Men der er noget andet; som spiller ind; som overskygger alt det smukke og glamourøse. Jeg kigger igen på de bedrøvede mennesker, og spørger mig selv: Hvorfor mon de har det sådan? Jeg føler en afmagt fra deres side. Som om de lader sig underkaste præsteskabet. De gør sig mindre værdifulde for, at føle sig værdige til, at komme her.
Vi finder en plads, lidt længere inde til venstre, et pænt stykke fra alteret. Det virker også helt enormt. Mange af udsmykningerne, er rigtig meget guldbelagte! Det fortæller rigtig meget om penge og magt, frem for andet.
Marcia fortæller mig lidt om den katolske gudstjeneste, hvor man bl.a. går op og får en lille chips og at man i det hele taget får en indvielse. Præsterne kommer ind og roen sænker sig. De snakker gennem mikrofoner, så alle kan høre dem. Der bliver snakket på spansk; som jeg kun forstår meget lidt af.
Jeg lytter meget intenst for, at få det med i mine

følelser. Pludselig føler jeg en ro sænke omkring mig, og sekundet efter lyder der i højtalerne: "Dinamarca". Jeg ved at i det øjeblik blev jeg omtalt. Jeg føler mig meget beæret. Også fordi det hele sker på denne dag, den 5. maj, Danmarks befrielsesdag. Så gad vide hvad det skal betyde for mig! Jeg ser det som en belønning, som jeg får fra Kosmos.

Der er 5 præster; som skiftes til at snakke. De taler også lidt engelsk, fransk og tysk. Da det er tid for, at få den omtalte chips, bliver jeg siddende. Jeg kan mærke at jeg ikke skal gå derop. Marcia rejser sig og spørger til, om jeg ikke skal med. Jeg ryster bare smilende på hovedet og visker nej.

Hun kommer tilbage. Messen er nu slut. Vi rejser os og går mod en udgang, i den anden ende. Der er 3-4 ind/udgange i katedralen. Vi kommer ud til en kæmpe plads. Jeg står lidt og nyder udsigten. Her er nogle busser med turister. Der er et stort hotel, på min højre side. Jeg får fortalt, at på dette hotel kan Pilgrimme få et gratis måltid, mod at aflevere en kopi af diplomet.

Vi er samlet, mange af dem jeg har fulgtes med, de sidste 4 dage. Det søde tyske par, de 5 varme spanske venner, den unge spanske pige, en ung brasiliansk pige med hendes spanske kæreste, Dimas; som jeg er fulgtes med fra andendagen og Marcia; født af japanske forældre i Brasilien samt mig selv fra Danmark.

Vi er alle blevet enige om, at tage et fællesbillede. Vi går ned ad trappen og tværs over den store plads. Her er en trappe; som er perfekt til formålet.

Vi går derfra og deler os op. Det tyske par vil videre. Vi giver hinanden et stort knus og siger tak for alt. Jeg siger også farvel til 3 af de spanske venner. Dimas vil tilbage til sit værelse, og siger, at han bliver noget endnu.

Jeg går så med de andre. Vi går i retning mod hotellet, til højre rundt om katedralen. Vejret er fantastisk. Bare dejligt lunt og solskin. Vi køber lidt drikkevarer og kiks. Vi sætter os på en større trappe, med udsigt over en plads, hvor jeg selv gik forinden, da jeg mødte

Marcia.
Vi snakker lidt frem og tilbage. Jeg kan snakke godt engelsk, perfekt tysk og meget lidt spansk. Marcia kan så oversætte. Den ene af de 2 spanske venner, fortæller mig noget meget smukt på spansk; som jeg bliver meget glad for. Det er: "Jeg syntes at det er fantastisk, hvordan du klarer at vandre, med sådan et tempo hver dag. Du er ligesom en atlet". Jeg bliver meget berørt, og får tårer i mine øjne. Jeg siger mange tak og at det er meget smukt sagt. Kort efter går de 2 spanske venner. De fortæller at de alle 5, skal nå et tog senere i dag.
Vi andre rejser os og henter vores rygsække. Kl. er lidt over 15. Vi vil finde et stort albergue; som er et sted, hvor der også er et universitet. Jeg ved ikke hvor det er, så jeg følger bare efter de andre. Vi snakker lidt frem og tilbage, bl.a. om hvor det er. Vi finder det på det bykort; som jeg har med. Efter en lille halv times tid er vi der. Det ser meget stort ud. De nederste etager er, hvor de studerende hører til. Vi skal helt op på 3. sal og det er lange trapper. Vi kommer der op, til en næsten tom sal hvor jeg finder mig en seng. Det er ikke nogen af bedste kvalitet. Jeg tænker det går vel nok an. Måske kun for en enkelt nat. Jeg tænker på den ide Dimas kom med om, at leje et værelse. Det er sikkert dyrere; men helt sikkert også med bedre senge.

De andre har snakket om, at gå ud at spise sammen i aften. Den brasilianske piges kærestes mor, bor her i byen. Derfra kender han lidt til byen og dens beværtninger. Jeg siger ja, det kan da være meget hyggeligt.

Vi alle lægger os hen og hviler, da vi er meget trætte. Jeg kigger på kortet og tænker tilbage på dagens etape. Jeg er glad og tilfreds med turen. Jeg tænker på de mennesker jeg er sammen med, og dem der er rejst videre. Hvor er de da bare dejlige alle sammen. Jeg tænker på, at jeg også skal have planlagt hjemrejsen. Jeg skal rejse med tog til Biarritz på torsdag d. 8. maj. Jeg har reserveret værelse, på det samme hotel igen. Jeg skal med flyveren til Stansted på fredag, hvor jeg skal bo på et hotel i Harlow, 24 km fra Stansted lufthavn. Jeg vil slappe af nu og ordne det i morgen.

Jeg vågner et par timer senere. Jeg står op og går i bad, med dejlig varmt vand. De andre er også ved at stå op. En halv time senere er vi alle klar. Kl. er ca. 18.30. Vi mødes med kæresteparret. Han fortæller lidt om, hvor vi kan gå hen. Dette er vores sidste aften sammen, da alle de andre rejser hjem i morgen. Vi finder en hyggelig lille café; som fyren kender lidt til. Han foreslår noget hyggespisen, ligesom chips; bare mere sundt. Vi får vin og vand at drikke til. Vi hygger os rigtig meget. Mens vi sidder her, fortæller jeg dem om mit liv i Danmark. Om Pia og Jonas. Om mit smukke og dejlige hjem i skoven, i Høgdal. Jeg viser dem billeder; som jeg har gemt på mit digitale kamera. De bliver alle meget begejstrede. Især hende den unge spanske pige. Hun får helt tårer i øjnene. Vi er virkelig som en lille familie her.

Jeg ringer til Pia og Jonas og fortæller dem om aftenen og siger godnat. Kl. er ca. 20.30, hvorefter vi går tilbage til alberguet. Jeg siger farvel til det søde og smukke par, han fra Spanien og hun fra Brasilien. Vi giver hinanden et kram.

Tilbage på alberguet gør jeg mig klar til natten. Jeg siger godnat til de andre. Jeg tænker tilbage på dagen. Hvor er det en smuk oplevelse, at komme til Santiago og bare være her. Jeg føler mig meget beriget. Jeg laver min afslapningsøvelse og mediterer lidt. Jeg får en god nats søvn, med min sædvanlige tissetur.

*

29

Er nået nu til tirsdag d. 6. Maj, hvor jeg vågner uden vækkeur ved kl.6. Jeg bliver liggende og lukker øjnene. Jeg tænker på dagen i dag. Hvad der skal ske. Jeg skal sige farvel til de sidste. Kl. 6.45 står de andre op. Jeg følger kort tid efter. En times tid efter, er den unge spanske pige klar til at gå. Hun siger at hun slet ikke har lyst til at rejse. "Kan vi ikke bare blive sammen, hele tiden", siger hun. Jeg finder det sidste Salemkort frem. Det er svanekortet, som har teksten: "Lidelse er blevet til et Svaneliv". Jeg giver hende det og fortæller hende hvad det betyder. Hun tudbrøler og er bare så glad. Vi giver hinanden et stort kram og siger farvel.
Så er der bare mig og Marcia tilbage. Hun skal med toget om et par timer. Jeg siger at jeg følger hende til stationen. Jeg ringer til Pia og Jonas, og siger godmorgen.
Vi kommer til stationen godt en time, inden toget skal køre. Vi sætter os og får lidt at drikke. Vi snakker lidt frem og tilbage. Der er en speciel energi imellem os. Vi ved begge ikke hvad vi skal snakke om. Marcia siger: "Det er bedst hvis du går nu, da det ikke er til at holde ud". Jeg kan også mærke, at det er bedst. Vi giver hinanden et stort kram og siger farvel. Vi giver

hinanden vores e-mail-adresser, så vi kan holde kontakt.
Jeg går ud og føler en lettelse. Følelserne imellem os er meget stærke. De sidste dage har vist, hvor stærke følelser mennesker kan have over for hinanden, uden at der skal lægges noget seksuelt der i.

Jeg går tilbage og henter min rygsæk. Jeg går op i byen for, at finde et andet sted at bo. Dimas havde fortalt mig hvor ca. han bor. Jeg prøver at finde det. Det lykkedes ikke, så jeg tager et andet. Det koster ca. 12 Euro pr. nat. Men her er i hvert fald en noget bedre seng. Jeg får pakket ud og går af sted igen for, at ordne flere ting, bla.at handle ind.

Kl. er ca. 11, hvor jeg når ind i bygningen for Pilgrimme. Her er der en skrank, hvor man bl.a. kan se togtider. Jeg forhører mig om toget, til Biarritz i Frankrig. Det kører torsdag morgen ved kl. 8.30. Det vil så være i Biarritz kort inden midnat. Her regner jeg med, at tage en taxi hen til hotellet. Jeg kan ikke købe billetten her, så jeg skal senere en tur ned på stationen igen.

Da jeg vender mig om, møder jeg nogle bekendte. Det er den unge tyske pige; som lagde bogen "Der Pilger" til mig, i Villafranca Del Bierzo. Hun er sammen med den tyske mand; som også var sammen med hende, sidst jeg mødte hende. Vi hilser på hinanden og snakker om hvordan det går. Jeg fortæller bl.a. at jeg kom i går og at jeg var til messe. Hun spørger om jeg vil med til

messe i katedralen. Jeg takker nej, da jeg vil prøve et gratis måltid mad, på det store hotel lige her i nærheden. Jeg går hen for at få lavet en kopi af diplomet. Jeg går tilbage for, at finde hen til hotellet, så jeg ved det til senere.
Da jeg igen er ud for Pilgrimsbygningen, møder jeg igen to bekendte. Det er det søde par Ivanna og Micho fra Slovakiet. Det går Micho meget bedre, men han er ikke helt uden smerter. De vil fortsætte deres vandren til Finistere. Jeg fortæller dem, at jeg bliver til torsdag, hvor jeg rejser hjemad. Jeg siger farvel og går af sted for, at finde hotellet og få mig noget mad.
Jeg går ind ad hotellets fordør. Jeg spørger en tjener om vej. Han fortæller mig, at jeg skal gå ud igen og ned ad vejen til højre. Jeg kommer ned til indkørslen til en garagekælder, under selve hotellet. Her står allerede et par stykker, som jeg hilser på. Kort efter kommer der en tjener; som tager imod kopierne. Han viser os vej, bagom hotellet, ind til køkkenet hvor maden er; som vi kan øse op af. Vi får vand og vin at drikke til. Med tallerkenen fyldt går jeg en sal højere op, hvor der er et rum med borde og stole. Det er en sammenkogt ret; der smager fortrinligt.
Ud fra hotellet går jeg hen over området, ved katedralen. Her er stadig mange mennesker. Jeg kommer om foran, hvor springvandet er. Her møder jeg

det unge tyske par igen. De fortæller om oplevelsen af messen. Der var nogle amerikanere; der betalte katedralen ca. 200,- dollars for, at få et kæmpependul til at svinge. Det bliver fyldt med noget, som afgiver røgelse. Så bliver det langsomt sat i gang og slutter efter ca. 15 min. Jeg føler en snert af ærgrelse, over ikke at have oplevet dette. Men jeg skynder mig at sætte det til side, da der er et meget tydeligt tegn, på materialistisk energi. Jeg kan mærke at præsterne og munkene er bange for, at der ikke er penge nok i katedralen til, at den kan overleve. De går så meget op i det, at det påvirker mange af de besøgende. Som tidligere omtalt, ser de meget bedrøvede ud. De lader energien fra præsterne og opfører sig, som om de ikke må være glade, lader sig undertrykke! Jeg føler at vi mennesker, virkelig her har noget at rette op på!
Jeg fortæller dem om middagen. De lyder meget interesserede og vil gerne prøve det i morgen. De spørger om jeg har lyst til at komme med. Jeg siger at jeg ikke ved, at vi får se.
Jeg går lidt videre og møder min gode ven Dimas. Vi snakker lidt sammen. Jeg fortæller ham, at de andre fra i går alle er rejst og at jeg skal blive her til torsdag, hvorefter jeg skal med toget. Han spørger efter min e-mail-adresse. Han får den og siger at jeg får hans, når han skriver til mig. Okay siger jeg. Jeg spørger efter

hvor han bor. Han får mig ikke svaret rigtigt. Der sker noget forvirring og han siger at han må gå. Vi siger farvel til hinanden.

Jeg beslutter mig for, at gå ned til stationen og købe togbilletten. Imens jeg går derned, kigger jeg efter steder, hvor jeg kan handle ind på vejen tilbage. Ved billetlugen kommer jeg til en, som gladeligt kan lidt engelsk.

På vej tilbage går jeg ind et par steder, hvor jeg køber noget dejligt frugt og andet mad. Jeg kommer tilbage til værelset og kl. er ca. 14. Jeg lægger mig lidt, kigger på kortene og tænker tilbage.

En times tid efter, spiser jeg og går en tur ned i byen. Jeg går ind og ser forskellige butikker. Der er godt nok meget for turister her. Det er nu ikke noget for mig. Jeg kommer om i gaden, hvor jeg mødte Marcia og de andre, i går før messen. Her er der en butik, hvor man bl.a. kan købe forskellige slags kager. Der er en hvor der står Santiago de Compostela på. Jeg går ind for at forhøre mig om den. Der er en ældre kvinde til at ekspedere; men hun kan slet ikke snakke engelsk. I det samme kommer der en ældre mand ind i butikken. Han kender kvinden og kan engelsk. Han oversætter hvor jeg så spørger til kagen, fra vinduet. Det er en Santiago-kage. Denne model er lavet på fabrik og smager rimelig godt. Men sammenlignet med den, de laver selv her i butikken, er det ingenting. Jeg siger at jeg vil tænke over det og måske vil købe en i morgen. Jeg har i tankerne at tage en med hjem.

Jeg går en tur ind i katedralen. Der sidder en enkelt tigger ved døren. Nu er der ikke så mange mennesker. Der er enkelte; der sidder og beder. De har samme bedrøvelige udtryk på som sidst. Jeg går rundt i katedralen; og her er virkelig meget at se på. Men for mig har sådanne udsmykninger, ikke den store betydning. For mig er det symboler; som jeg ikke har brug for. Dette har meget at gøre med, hvad andre lægger i det, i form af materialistisk tankegang! For mange har de en meget stor betydning og er et livsgrundlag; som de har gjort sig afhængige af. Igen på grund af den magt og autoritet; som præsterne udstråler. Igen, det er deres valg og jeg sender dem lys og kærlighed. For mig gælder det om, at finde min egen personlighed frem. Så jeg ikke har brug for, at gøre mig afhængig af forskellige symboler, samt hvad andre gør og siger.

Hverken Moses eller Jesus, havde heller ikke brug for sådanne symboler. Disse symboler fortæller ikke noget om, hvor vidt man er et kærligt menneske. De fortæller kun om magt og begær!

I den ene ende af katedralen fortælles det, at Apostlen Jakobs rester ligger begravet. Caminoen er jo opkaldt

efter ham. Her er rejst en figur; som symboliserer
netop Jakob. Mange folk står i kø for, at komme hen og
røre, samt at kysse denne figur. Jeg har ikke brug for,
at skal gøre sådan. Men det er jo godt den er der, da
der er mange der har sådan et behov. Nogle endda så
meget, at de græder. For mig er det godt, at komme og
få syn på den sammenhæng; der er i sådan en stor
katolsk katedral. Det fortæller mig meget, hvordan jeg
skal være glad for – og forholde mig til mit eget liv,
uden for megen materialisme. I stedet for at fremhæve
det negative i andres liv, bruger jeg det til at
fremhæve det gode, i mit eget liv.
Jeg kommer igen udenfor, til den meget store plads.
Her holder et par busser og nogle enkelte politibiler.
Der er en politistation et par hundrede meter fra
pladsen. Jeg fyldes med en stor tilfredshed i kroppen;
som fremhæver mit selvværd.
Jeg går ned ad trappen og op til højre. Her er en lille
tunnel, hvor der står en mand og spiller på sækkepibe.
Det lyder meget flot. Jeg går hen og sætter mig på
trappen, hvor jeg sad sammen med de andre i går. Jeg
sidder og nyder livet, betragter de mennesker; som
kommer forbi og slapper godt af, i min egen energi.
Kl. er ca. 18.30. Jeg rejser mig og går mod springvandet.
Jeg kommer til butikkerne med alle forskellige slags
souvenirs. Mange af dem ser da meget spændende ud,

og enkelte er da også meget flotte. Igen, de betyder ikke så meget for mig, så jeg køber ikke noget. Jeg ser på nogle smykker. Nogle smukke øreclips. De er i sølv og forestiller muslingeskaller. Igen symbol på Apostlen Jakob. Jeg ser efter noget at købe til Pia og Jonas.
Jeg går ind til en café og får noget at spise. Bagefter går jeg tilbage til værelset. Kl. er ca. 20.30, hvor jeg lægger mig. Jeg kigger på kortene over hele Caminoen. Jeg tænker tilbage på forskellige hændelser, i forhold til de steder jeg har været. Jeg føler, at jeg har fået flyttet mig rigtig meget, på denne tur. Den har virkelig givet mig mange oplevelser.
Jeg ringer hjem og siger godnat. Min længsel efter dem, trænger sig noget på efter, at jeg er kommet til Santiago. Jeg har en dejlig god tålmodighed og venter den tid jeg skal. Jeg slukker lyset og lægger mig til.

*

30

Onsdag d. 7. maj. En stille og rolig nat, hvor jeg igen var oppe at tisse, er overstået. Dagen vil jeg bare gå hurtigt henover.

Jeg køber et par små øreclips i sølv; der forestiller muslingeskaller, som er til Pia. De er dejlig små, så deres symbolfortegnelse ikke fylder for meget. Til Jonas venter jeg med at købe noget. Jeg køber en hjemmebagt Santiagokage. Den er pæn stor og vejer en del til. Den koster ca. 15 Euro. Det er en dejlig overraskelse til os alle, når jeg kommer hjem. Jeg får snakket med Pia og Jonas et par gange denne dag.

*

31

Torsdag d. 8. maj. Jeg kommer op ved 6.00 tiden. Jeg får mig et bad og kommer i tøjet. Jeg spiser lidt morgenmad, hvorefter jeg pakker alt sammen. Jeg går ned for at betale husleje. Damen er der ikke. Jeg lægger det aftalte beløb og nøgler i en kuvert og skriver en lille hilsen.
Kl. er ca. 7.40, hvor jeg ringer hjem for, at sige godmorgen, samtidig med at jeg går mod stationen. De har det begge godt og glæder sig også til at vi ses. Jeg handler lidt frugt til togturen.
Jeg kommer ned til stationen, lidt over 8.00. Toget er ikke kommet endnu. Det er dejligt vejr, med solskin. Jeg sætter mig udenfor og venter.

Kort tid efter kommer toget, hvor jeg går ind og finder mig en plads. Det bliver en lang rejse. Der er ca. 800 km til Biarritz i Frankrig, da toget følger en lidt anderledes

rute end den jeg gik. Turen tager ca. 14 timer. Toget kommer i gang, jeg er lidt spændt på, om jeg kan genkende nogle af stederne, hvor jeg har vandret.
Der er et par stykker mere, foruden mig i vognen, som jeg hilser på. Der kommer flere på, ved de forskellige stationer, som toget stopper ved.
Ved Burgos genkender jeg noget af Caminoen. Det er meget sjovt. Jeg besøger spisevognen, hvor jeg får lidt mad og drikke.
Det er blevet aften; kl. er næsten 22.00. Toget er ved at være ved grænsen. Jeg hilser på en mand fra Frankrig. Han snakker engelsk. Han har også været på Caminoen. Ved grænsen skal passagererne stå af toget for at skifte. Det andet tog er endnu ikke kommet. Han inviterer mig på en øl, hvor jeg takker. Han er et dejligt menneske.
Toget kommer, hvorefter vi siger farvel. Jeg finder mig igen en plads. Kl. er lidt over 23.00. Efter en lille halv time er toget i Biarritz. Jeg kommer af toget og finder mig en taxi. Turen er kort til hotellet; som ligger tæt på lufthavnen. Jeg får tildelt mit værelse. Det er dejligt, at være nået så langt. Jeg føler mig også noget træt, efter sådan en lang dag.

*

32

Jeg vågner kl. 7.30, denne gang uden en tissepause. Denne dag, fredag d. 9. maj, virker stille og rolig. Det er også lidt underligt at være her. I det hele taget, siden jeg kom til Santiago de Compostela, har dagene været anderledes. Det hele har været som en slags venten. Men jeg har ikke følt tiden langtrukken; nej tværtimod. Jeg er god til at finde en udfordring, i det jeg foretager, lige meget hvad det er og hvor jeg er.
Jeg får mig et dejligt morgenbad og kommer i tøjet.
Jeg går i restauranten og får noget morgenmad. Jeg har ikke mere, det pæneste tøj at tage på. Men det er okay; mig generer det ikke.
Hen på formiddagen, mellem kl. 10 og 11, pakker jeg sammen og tjekker ud. Jeg går over mod lufthavnen. Jeg har god tid, da flyet først flyver hen på eftermiddagen. Vejret er igen varmt og solrigt. Der er en del trafik, da der er mange mennesker. Jeg får checket ind ca. 1 time før afgang. Der er ingen problemer i at komme igennem tolden.
Kl. 15.30 letter flyet. Endnu en dejlig fornemmelse i, at være på vej hjem. I flyet køber jeg en gave til Jonas. Det er en kabelstyret modelflyver, med Ryan air logo på. Efter knap 2 timers flyvning, lander jeg i London

Stansted lufthavn.

Jeg kommer sikkert ud med min bagage. Her finder jeg rutebilen til Harlow; i byen med mit hotel. Da jeg kun har penge i Euro og ikke i Pund, må jeg vente 1 time til næste bus. Imens veksler jeg nogle Euro.

Det er godt nok noget af en udfordring, at køre i England. Tænk sig at køre venstre om, i en rundkørsel. Det er næsten til at blive rundtosset af. Men ak det går jo godt, da jeg opdager at de andre trafikanter også gør det. Jamen så ånder jeg bare lettet op.

Ca. kl. 22.00 ankommer jeg til hotellet efter, at have gået ca. 20 minutter fra stoppestedet. Jeg tjekker lige afgangstiden for bussen i morgen.

Jeg ringer hjem for at sige godnat. Nåh nu er der kun en dejlig nat; der skiller mig fra at være hjemme i Danmark.

Jeg bestiller morgenmad til værelset, da jeg skal meget tidlig op. Bussen kører lidt over kl. 7.00. Jeg kommer i seng, hvor jeg kigger lidt fjernsyn. Ja det har jeg ikke gjort i længere tid. Jeg kigger også lidt på Caminoen og tænker tilbage på forskellige episoder.

*

33

Lørdag d. 10.maj vågner jeg ved mit vækkeur, lidt i kl. 6.00. Jeg kommer op og får mig et bad. Kort efter kommer min morgenmad. Jeg får mig spist dejlig mæt. Jeg kommer ned og får checket ud. Jeg er i rimelig god tid, til bussen. Jeg kommer til stoppestedet ca. tyve minutter før. Pludselig går der et gys igennem mig. Jeg ser at jeg har glemt posen med Santiago-kagen i. Hvad gør jeg? Jeg må tænke hurtigt. Jeg har ca. et kvarter, inden bussen er her, efter køreplanen. Den kan være op til et par minutter forsinket. Jamen, jeg vil have den kage med hjem!! Det virker meget tomt at komme hjem uden. Det fortæller mine følelser mig. Jeg lader bagagen stå og begynder at løbe. Der er ca. 2 km hver vej. Jeg holder øje med tiden og føler at jeg godt kan nå det.
Jeg kommer til hotellet. Manden i receptionen er der. Og vigtigst, posen med kagen er der også. Jeg snupper posen og hilser hurtigt på receptionisten. Ud ad døren igen. Jeg har 7 – 8 minutter endnu. Jeg må stoppe lidt op og gå undervejs for, at få pusten igen.
Tilbage ved stoppestedet. Min bagage er der endnu; men bussen er der ikke. Er den nu kommet for tidligt og kørt fra mig, hvad de jo ikke plejer at gøre? Min

intuition fortæller mig noget andet. Og ganske rigtigt kommer bussen, et par minutter efter, inden jeg helt har fået pusten. Jeg griner lidt inde i mig selv over situationen.

Kl. næsten 8.00 kommer jeg til London Stansted lufthavn. Her er allerede mange mennesker. Jeg finder check – in stedet og sætter mig til at vente. Jeg ringer hjem for, at høre om de er ved at være klar til, at hente mig.

Kl. 11.20 letter denne blåfarvet Boeing 737, med skriften Ryan air malet tydeligt på med kæmpe bogstaver. Jeg lader følelserne flyde igennem mig. Det her virker voldsomt; følelsesmæssigt. Jeg føler en kæmpe stor ydmyghed over, at have nået så langt og over, at være på vej hjem til Danmark og mine 2 elskede. Ud over det store vand (Vesterhavet). Nu ser jeg land, den danske kyst. Kigger ned på det Jyske landskab, og genkender forskellige steder. Nu er jeg jo egentlig hjemme, tænker jeg, da jeg flyver over mit hjem, på Høgdalvej lige uden for skoven. Jeg får ikke øje på det, da flyet er lige over.

Kort efter lægger flyveren an til landing. Den kommer sikkert ned. Jeg kommer ud, til dejligt sommerligt forårsvejr. Jeg kigger op og får ikke øje på mine 2. Jeg ved de er der et sted, så jeg vinker der op. Jeg kommer igennem tolden og ind til bagagebåndet. Her ser jeg

dem, igennem en stor glasrude. Jeg går hen til den, hvor vi vinker til hinanden. Min dejlige store dreng, Jonas; som jo snart bliver 4 år, om et par måneder. Min smukke og dejlige Pia; som førte mig til Sydfrankrig for, at jeg kunne gennemføre denne Camino.
Jeg får min bagage og kommer ud til dem. Det er bare så dejligt at omfavne dem igen. Jeg viser dem kagen og fortæller historien, fra i morges. Det griner vi alle godt af. De får hver deres gave. Jonas spørger mig: "Far, har du stenen med hjem til mig?" Jeg svarer: "Ja min dreng, her er den". Vi kommer ud til bilen og kører stille og roligt hjemad...

* * *

Efterskrift

Jeg er i dag 49 år og bor i Skanderborg. Pia og mig er skilt, men har et dejligt venskab; som vi bruger meget til at fremme vores liv, især for Jonas. Det er en skøn ting, at kan skilles i venskab, hvor kærligheden virker på en sand og taknemmelig måde.

Det at gå Caminoen, som jeg har gjort, er noget af det mest fantastiske, jeg har oplevet. Mine følelser jeg havde i mig efter, at være kommet hjem igen, kan ikke siges i ord. De sad så dybt i mig, at det ikke ville være muligt, at uddybe mig tilstrækkeligt. Jeg snakkede med Pia om dem, da vi var så tæt forbundet.
Hverdagen kom stille og roligt tilbage. Mine følelsesmæssige erindringer, som er kommet kraftigt frem i mig, forsvandt i samme tempo som hverdagen kom. De forsvandt ikke helt væk, men blev lagt på lager, i min underbevidsthed. De der blev, var dem jeg havde brug for og var klar til at forstå.
Jeg kom tilbage på mit arbejde. Tilbage til en hverdag, hvor tid og forståelse, er lagt meget ud på det materielle. Hvad jeg her skulle bruge Caminoen til, vidste jeg godt; netop at hjælpe som guide, videre i livet. Jeg har en stor tålmodighed og vidste at der med tiden, ville vise sig svar, ud fra hvad jeg havde brug for.

Mine tanker gik mange gange tilbage, til oplevelser jeg havde på Caminoen for, at føle efter i nuet. Det gav mig for det meste svar, som var forskellige fra dengang. Hver gang var det svar, som jeg var klar til at forstå. Sådan bliver vi alle, hvad jeg kalder det, opgraderet. Jeg var og er stadig meget ydmyg og taknemmelig for, hvad der kommer til mig. Også de hårde oplevelser jeg havde, bl.a. i byen Leon. Jeg føler endda, at jeg er blevet bedre der til. For hvad der end kommer til os, er det meningen at vi skal tage det til os. Vi skal fortolke det og derfra bruge det positivt i livet fremad.
Store byer som her Leon, symboliserer for mig en kraftig energi af materialisme; som er en kæmpe kontrast, til den energi jeg vandrede i. At komme igennem disse oplevelser, med så stærke følelser fortæller mig, at selvom det ser sortest ud, gælder det om at holde jordforbindelsen. For derved, at mærke dybest inde mine følelser, som beder mig om at fortsætte.

Når jeg ser tilbage i livet, lige fra jeg var barn, har jeg haft et meget kompliceret liv. I starten af min pubertet, valgte jeg min sande vej fra, hvorved jeg henførte mine handlinger, til hvad jeg syntes andre, ville finde bedst for mig at gøre; startende med mine søskende og forældre.

Da jeg valgte denne vej; fravalgte jeg samtidig min sande kærlighed. Jeg fandt en alternativ kærlighed, som var meget baseret på det seksuelle. Denne form for kærlighed, lå langt fra hvad min intuition, fortalte mig. Jeg lukkede af for min intuition for, at kunne være til stede. Dette førte til mange ubehagelige og flove episoder. Jeg kunne ikke forholde mig til, at være tæt på en pige følelsesmæssigt. Jeg anede ikke ud og ind, når jeg stod i lyset og skulle kysse en pige; så jeg valgte at stikke af. Jeg havde ikke lyst til, at være voksen og holdt derfor fast i at være barn. Grundet af det, hægtede jeg mig på mine forældre; især min mor. Dette har stået på i mere end 30 år!

Mine epileptiske anfald startede da jeg var 21 år. De kom bare sådan ud af det blå. Årsagen dertil skal findes i mit valg af vej. Netop det, at jeg vedholdte en tæt kontakt til min mor; som mor og barn imellem. Dette blev med tiden som en besættelse. Jeg mistede modet til, at finde en kæreste; som allerede startede i mine teenageår. Jeg kunne ikke selv, foretage handlinger over for kvinder; da jeg blev forvirret af, at jeg tænkte på, hvad de ville have det bedst med, at jeg skulle gøre.

Jeg lukkede af for den inderlige kærlighed og formåede ikke at føle forelskelsens vidunderlige varme, samt det at elske; som jo viser sig i den lykkelige glæde, der er at have et nærvær til en pige. Det samme var det med smerter, når nogen blev syge, kom til skade eller døde. De dybe følelser af sorg, var ikke til stede i mig. Og heller ikke det at se lyset, som viser en forståelse for begivenhedernes gang. Jeg lavede en accept på, at sådan er livet. Et sted dybt i mit indre, var min sande følelse for kærlighed. Den forblev lukket inde så meget, at jeg kun mærkede noget i underbevidstheden uden, at vide hvad det var. Dette kontra min seksuelle baserede kærlighed gjorde, at jeg mange gange blev i mit hjem uden, at kontakte venner eller familie.

Det var ikke alt skidt i mit liv. Ind imellem gjorde jeg ting, hvor jeg følte en dejlig tilfredshed; bl.a. at købe en motorcykel. Jeg følte en skøn frihed, når jeg kørte af sted på den. Jeg solgte motorcyklen, da jeg brugte den som årsag, for mine dårlige knæ. Jeg vidste dengang, at dette ikke var sandt, men gjorde det alligevel. Jeg hørte min intuition og vidste, at det den fortalte var sandt. Men jeg lyttede ikke til den! Dette var første gang, jeg bevidst vidste, at min intuition henvendte sig til mig, uden at jeg kunne sætte ord der på. Jeg var også meget sammen med venner og slægtsfamilie. Men jeg havde svært ved, at finde glæden uden, at forbinde mine følelser med seksuelle undertoner.

I 1995, hvor jeg var 32 år, begyndte jeg langsomt at
åbne op for det spirituelle. Jeg søgte alternative
behandlingsmetoder til, at hjælpe mig videre. To år
senere mødte jeg Pia. Vi fik Jonas ca. 1½ år efter. Jeg
blev præsenteret for Salemfonden. Min spirituelle
udvikling tog fart og gav mig mange oplevelser, meget til
gavn for mit liv. Jeg blev mere og mere bevidst om, at
jeg søgte en åbning. Ind til hvad, vidste jeg ikke
objektivt.

Jeg fik megen hjælp fra Kosmos, hvor jeg følte en stor
ydmyghed og taknemmelighed. Men jeg var stadig
afskåret fra, at føle den ægte kærligheds glæde.
Jeg udvidede min spirituelle søgning, med healing og
samtale med andre; som foregik på helsemesser. Dette
gav mig megen berigelse, hvor jeg også holdte foredrag.
Det at ytre mig ud, over for andre, gav mig følelsen af
en dybere mening, med min søgning. Jeg lyttede
efterhånden, en del til min intuition. Jeg havde ikke
mod til, at holde på sandheden, når jeg var sammen med,
mindre spirituelle åbensindede. Dette drejede sig især,
om mine forældre og søskende, samt på mit arbejde.
Jeg troede ikke på, at jeg var god nok; at det jeg
troede på, kunne jeg ikke fortælle, da jeg ikke vidste
hvordan og derfor holdt mig tilbage. Simpelthen fordi
mit selvværd var meget lavt. Jeg bremsede mig selv!
De efterfølgende år gjorde jeg forskelligt i min

søgning, hvor det bl.a. blev til Caminoen og et gennemført Marathon løb. Jeg startede på min bog, hvad gjorde mig rigtigt godt. Jeg havde en periode fra 2005 til 2008, hvor jeg var fri for epileptiske anfald, uden at tage medicin. Jeg havde stadig meget at kæmpe med, som var spærret inde i mig, hvor jeg ikke kunne finde åbningen ind til.

Jeg var forvirret som mange gange før. Det blev mere og mere til frustration. Jeg følte en angst for, at vælge min egen vej. Hvad vil andre sige, hvordan vil de se på mig? Vil jeg svigte andre, især mine forældre?! Er jeg god nok i det jeg gør? Jeg mærkede det som om, jeg havde fundet døren til noget stort. Jeg manglede bare en nøgle. Jeg havde nået et stadie, hvor jeg måtte intensivere min søgning, som havde brug for mere kvalitetstid.

Det føltes som om, at min spirituelle indsigt, blev mindre med tiden. Jeg har altid haft en stærk vilje til at fortsætte, da jeg tror på at løsningen findes; så jeg fandt andre måder at søge på.

Mine anfald begyndte at komme igen, med to i 2008. Jeg kunne mærke at jeg havde brug for forandring, at der skulle ske noget. Jeg havde brug for at bryde ud af det livsmønster jeg havde. Jeg kunne ikke finde svar på, hvordan det skulle lade sig gøre. Det kom så til mig, hvor trykket i mig var ved at eksplodere. Jeg forlod Pia.

Det fyldte så meget i mig, at jeg ikke kunne fortolke min intuition. Jeg stolte på den, omkring det der kom til mig, da der er en større mening med denne handling. Jeg handlede uden, at vide et objektivt svar; men som jeg vidste var sandt. Dette krævede et stort mod, da jeg ikke vidste, hvad der videre skulle ske med mig og min familie.

I 2009 kom der flere anfald, hvorefter jeg begyndte på medicin igen, efter 13 år uden! Jeg flyttede sammen med Pia og Jonas. Et par måneder efter kom der et anfald, hvor jeg slog hovedet, som medførte en kraftig hjernerystelse, samt at jeg mistede meget blod. I denne periode var jeg i et kæmpe dilemma, hvor jeg ikke vidste ud og ind. Jeg havde meget svært ved, at lytte til min intuition og kunne ikke magte, mine egne følelser. Mine anfald blev hyppigere, hvor de kom med to måneders mellemrum. I 2010 blev det med en måneds mellemrum. Der kom et anfald hvor jeg igen fik en hjernerystelse. Dette skete et år efter, næsten på dato med min første hjernerystelse.

Jeg blev mere og mere stresset, og kom ind i en cyklus, i form af depression; hvorefter jeg sygemeldte mig fra arbejde. Jeg søgte efter, at intensivere mit arbejde med mig selv; men vidste hverken ud eller ind, hvordan det skulle foregå.

Mellem mig og Pia blev forholdet mere belastende. Vi

fandt langsomt ud af, at vi skulle skilles. Vi kunne begge mærke, at vi havde brug for en større frihed. Og dette kunne kun ske ved, at vi kom til at bo i hvert sit. Dette var selvfølgelig også til gavn for Jonas. Dette, at være i min egen bolig, uden samleverske, gav mig en større frihed, især i forholdet til Pia. Jeg fik mere indre fred ved, at flytte til Skanderborg.

I starten af januar 2011, læste jeg min bog igennem. Det var længe siden, jeg sidst læste den. Der åbnede sig rigtig mange følelser, i forbindelse med denne læsning, så jeg fik tårer i øjnene. Dette var bare så fantastisk. Jeg følte virkelig velbehag, samt en kæmpe lettelse, hvor mine følelser fra min Caminovandring, bare kom så meget frem i mig. Det var mine oplagrede følelser, fra mine gode/dårlige handlinger i livet, via Caminoen, der kom frem. Jeg mærkede en stor ydmyghed ved, at føle mig så beriget. Min Caminovandring beskrevet her i bogen, fortæller mig virkelig, hvad betydning den har for mig, i dag. Den giver mig svar, på mange af de spørgsmål, som jeg ikke kunne se henover og som udløste masser af frustration. Ja, jeg begyndte at rose mig selv, for de beslutninger jeg har foretaget i livet, da de jo har bragt mig her til. Der var kun en ting at gøre. Jeg besluttede mig for at gøre bogen færdig og at få den udgivet. Dette førte til, at jeg læste den igennem flere gange og lod forskellige venner læse den for, at høre deres mening.

Jeg havde besøg af mine forældre, til min fødselsdag i februar 2011. Her kunne jeg se på min far, at han var blevet gammel og brugt. Ikke som sådan pga. hans alder. Hans sind var virkelig meget medtaget. Jeg følte, at han ikke havde langt igen.
Ca. en måned senere, fik han flere små hjerneblødninger; som gjorde ham meget syg. Han fik efterfølgende flere, hvor han besluttede sig for at stoppe livet. Han ville ikke mere indtage føde. Jeg besøgte ham og følte en nærmere kontakt med ham. En kontakt, som ikke har været tidligere i livet. Den blev forstærket ved hvert besøg. Ved sidste besøg, kunne han ikke mere tale. Her fik vi den dybeste samtale, jeg i livet har haft med ham. Vi fik den kontakt til hinanden; som jeg havde ønsket gennem livet. Vi fik sagt farvel til hinanden, så han kunne tage af sted, med god samvittighed. Dette var så smukt og dejligt. To dage senere døde han.
Jeg tog til mine forældres hjem, hvor han lå bare så smuk og rolig; hvor jeg så tydelig kunne se, at nu havde han fået fred, med god samvittighed. Jeg blev fyldt med sådan en ydmyghed og taknemmelighed; at det var lykkedes at nå ind til hinanden, på denne korte tid.
Senere på året, kontaktede han mig flere gange. Det er

virkelig en gave, at kan forløse sig fra hinanden i livet.

Det jeg har været igennem i livet og ikke mindst Caminoen, har givet mig en kæmpe vilje og styrke til, at komme op igen. Nu er vejen banet for, at finde nøglen til døren. Jeg ved nu, at inde bag ved denne dør, er vejen til min indre sande kærlighed. Og nøglen dertil; ja den er i mig selv, som jeg skal arbejde videre på, at finde.

En lørdag morgen 2012, lå jeg og mediterede. Her blev der sagt fra Kosmos: "det er ikke længere nødvendigt, med flere epileptiske anfald". Efter meditationen ringede jeg til Signe Sommer. Her fortalte Kosmos gennem Signe, med akkurat de samme ord: "det er ikke længere nødvendigt, med flere epileptiske anfald". Hvad er dette? Er det svar på, at nøglen er fundet!? Wauhh... tænkte jeg og mærkede en fantastisk følelse af frihed. Betyder dette, at jeg ikke får flere anfald? Følelser kom op i mig, og jeg fældede tårer; som et "vandfald".
Dette er helt sikkert, en åbning for, at komme videre. "Nøglen" og "døren" der til, skulle væk, så jeg ikke låser mig fast i oplevelsen. Dette er en handling jeg må foretage for, at energien frit kan strømme igennem mig og i et klart lys, kan vise mig vejen videre frem.

Hvad der sker senere, må jeg lade komme an på hvilke beslutninger, jeg tager i de givne situationer. Kærlighed til alle...

    Kære fader, mange tak for mit liv...

...at være ydmyg og taknemmelig, er vejen til glæde og lykke...

www.ingramcontent.com/pod-product-compliance
Lightning Source LLC
LaVergne TN
LVHW041748060526
838201LV00046B/944